U0694863

爻爻斋闲话

文 涛 著

四川文艺出版社

图书在版编目（CIP）数据

爻爻斋闲话 / 文涛著. — 2版. — 成都：四川文
艺出版社, 2019.3
ISBN 978-7-5411-5259-7

Ⅰ. ①爻… Ⅱ. ①文… Ⅲ. ①随笔—作品集—中国—
当代 Ⅳ. ①I267.1

中国版本图书馆CIP数据核字（2019）第028034号

YAOYAOZHAI XIANHUA

爻爻斋闲话

文 涛 著

内文插图	乐 林
内文摄影	陈爱平
责任编辑	卢亚兵　燕啸波
封面设计	叶 茂
内文设计	曾 琨
责任校对	文 诺

出版发行	四川文艺出版社（成都市槐树街2号）
网　　址	www.scwys.com
电　　话	028-86259285（发行部）　028-86259303（编辑部）
传　　真	028-86259306
邮购地址	成都市槐树街2号四川文艺出版社邮购部　610031
排　　版	四川最近文化传播有限公司
印　　刷	天津兴湘印务有限公司
成品尺寸	130mm×184mm　　开　本　32开
印　　张	7.5　　　　　　　　字　数　110千
版　　次	2019年3月第二版　　印　次　2019年3月第一次印刷
书　　号	ISBN 978-7-5411-5259-7
定　　价	48.00元

文涛，

琅琊人士。

擅工笔，喜诵读；

勤家政，倦思量。

劳作之余，每有闲言。

朝花夕拾，贻笑同人。

一对糊涂仙（代序）

天府之源都江堰，

幽甲天下青城山。

山后有个蜀盘谷，

谷中有对糊涂仙。

大糊涂云巢，青城山人。

云巢爱画竹，更爱吃肉；常叹无竹令人俗，更怕无肉令人瘦。

为了不俗又不瘦，小糊涂只好经常请他吃"笋煎肉"。

小糊涂文涛，不知何许人也。

文涛精灵古怪、亦庄亦谐，常常把大糊涂气清醒了，她却一脸无辜。

"大糊涂"和"小糊涂"糊里糊涂地找到彼此，糊里糊涂地订下白首之约。

他们不明白，为什么大家总是说"难得糊涂"？

莫非"糊涂"就是福？

目

录

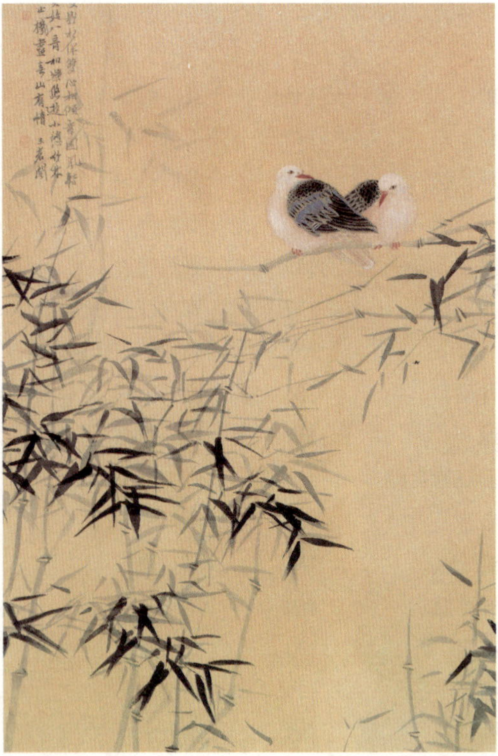

子不语

山中多奇花异草，风竹飘逸，木屋错落。

如此佳境，最适合谈些奇闻逸事。

文涛问云巢：山居二十载，有没有艳遇呀？比如，花妖树精什么的。

云巢说：想过，但是没遇过。

文涛常常翻看《耳食录·三异笔谈》。

每天清晨，文涛都会把前夜看过的故事讲给云巢听。

文涛过目不忘，故事讲得生动。

云巢记性不佳，过目即忘。

轮到云巢讲故事时，他只好边翻书边讲："道观里有一个狐女……"

"什么？道观里怎么会有一个秃驴？"文涛大惑。

原来，云巢声母n和l分不清楚，文涛硬是把"狐女"听成了"秃驴"。

诗耶　词耶

云巢为友人写字。

细长条幅，宋人诗——

　　月户风窗悄不扃，静中真乐故难名。

　　山泉未识幽人意，自作穿林泻壑声。

写罢观看，前松后紧布局不佳，欲弃之。

文涛心念一动，裁去后面几字，诗居然变词——

　　月户风窗悄不扃，静中真乐。

　　山泉未识幽人意，自作穿林。

巧的是，此词隐藏着云巢的名字——乐林。

云巢挥毫题跋：乙酉夏　书以酬友　此幅颇见局

促　文涛剪之乃佳　云巢子记

妖婆的布施

云巢辈分很高。

谷中有位中年女工，喊云巢"幺爷"。

文涛：她应该喊我什么？

云巢：喊你——幺婆。

文涛：妖婆？老妖婆？我怎么一下子就变成老妖婆了？

云巢乐不可支。

山中一日，世上千年。

山中数载，文涛早已变成货真价实的老妖婆。

山居生活太惬意，文涛心里隐隐不安。

文涛：这么安逸怎么得了？应该舍点东西，布施一下。

云巢：佛祖以身饲虎，您准备……

文涛：饲虎就算了，我还是布施一下蚊子吧。

是夜，蜀盘谷的蚊子们奔走相告。

大家约齐了到琴心阁吃夜宵。

第二天，文涛头上脸上布满红包杯盘狼藉。

抓耳挠腮，哭笑不得。

轻描淡写

文涛拿着《云巢画竹》，一本正经地说：今天，我准备抽点时间讲评一下这些画。希望你珍惜这千载难逢的学习机会，争取有个飞跃。

云巢笑：我去拿笔记本。

文涛半嬉戏半认真地讲评着一张张画片，云巢的表情由憨笑转为惊讶。

云巢：讲得不错嘛！这是数年前出的画片，我的画现在已经没有这些问题了。

文涛：别看在班门，我照样敢弄斧。看这些画的时候，我总在想一个词——轻描淡写。这是形容语气态度的一个词。可是，用它形容书法绘画，却说不出的奇妙。当然，还有文字。轻轻描，淡淡写。说的不仅仅是笔墨，还有心境。

云巢：妙极！心是放松的、超然的。

文涛：我喜欢轻描淡写的文字。冷静地叙述就可以了，读者自能体会。很多笔者沉不住气，用大段笔墨说明议论，总是怕读者看不懂。"轻描淡写"可以做文集的题目呢。

云巢：你的画和文字可以轻描淡写。但是，你对我可不能"轻描淡写"。

文涛：就您这分量，想轻描淡写也得行呀。

日子，就这样一天天轻描淡写地过去了。

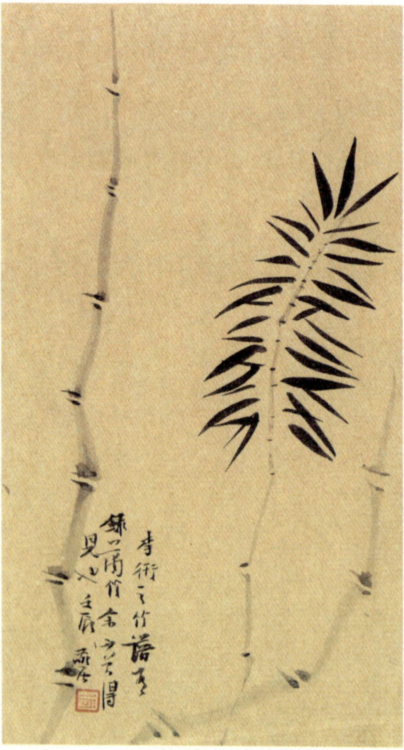

古　董

云巢，我来了！

听到喊声，文涛探首往窗外看去。

一位女客人正沿阶而上。

文涛颔首微笑。

女客人一愣：你是嫂子吧？

文涛扭头望着云巢，笑而不答。

原来，女客人是云巢多年的老友——一位能干的女镇长。

女镇长毫不避讳，上上下下细细打量着文涛。

文涛转身泡茶。

女镇长悄悄问云巢：她……她是你从哪里淘换来的？

云巢低声答道：我从海边淘换来的。

女镇长：唉！你就是古董了，怎么又淘换来一个古董？你这么安静，应该找个活泼些的嫂子嘛。

文涛忍着笑，低眉顺眼地递上盖碗茶。

女镇长的眼睛一直在文涛身上徘徊，大声感叹：真是温良贤淑，温良贤淑啊！

女镇长走了，文涛依然温情脉脉地看着云巢。

看着看着，文涛眼珠一转，嘴角一撇，放声大笑。

云巢笑骂：你这个骗子！

贼娃儿

文涛喜欢用布头、木片做手工。

藏青色棉布包住木片，做成画板，大红纸剪十二生肖贴上，一件小小的手工品完成了。

文涛不欲"子丑寅卯"名，要给这些小动物取名字。

蛇儿喊它"灵娃儿"，狗儿喊它"诚娃儿"，猴子喊它"慧娃儿"，猪猪喊它"憨娃儿"……

云巢属鼠，自然是"贼娃儿"了。

方　壶

一

山雨初歇，方壶画室墨香四溢。

云巢写了几张条幅分送好友。

文涛也来凑趣，欲求一张"墨宝"。

云巢信笔挥毫——赌茶。

文涛拍案：好一个"赌书泼茶"！不过嘛……书，你是赌不过我的，只剩下泼茶了。

云巢一笑，随手落款：输生。

二

啸鸣凝神落笔——心花收尽。

文涛：这四个字来源于云巢的歪诗"敬居写竹两三枝，笔势参差手不知。尚忆去年今日事，心花收尽雨*丝丝*"。

啸鸣：我写的不是"心花收尽"，我写的是"尽收花心"。

　　大家哄然而笑。

　　文涛：心花收尽雨丝丝，这句诗倒过来念颇有意趣——丝丝雨，尽收花心。

　　啸鸣微笑落款：丙戌夏於蜀盘谷心香小舍啸鸣书。

　　款毕，啸鸣以指代印。

　　纹印嫣然如心香一瓣。

一程山水一程歌

红岩村周家宰了一头猪。

云巢定了半边，驱车去运。大厨李师傅与文涛随行。

李师傅酷爱唱歌，他有滋有味地唱着流行歌曲，感情充沛，歌声嘹亮。

摇下车窗，满含笑意地听着。

车行蜿蜒，翠色环绕，味水清湍。

一程山水一程歌，很快就到了村里。

半边猪捆在了车顶，云巢与周妻商量价钱。

周妻：一百零六斤，每斤五元。

云巢：哪里是一百零六斤？尾巴在地上拖着，没有挂起嘛。分明是一百一十斤！

周妻：一百斤！再说就拿下来，不卖了。

推推拉拉中，终于付了钱。

文涛暗叹：此君子村也。

归程，车子的回头率高达百分之两百。

车顶捆着的半边猪龇牙咧嘴，车上的李师傅护着半盆猪血引吭高歌。

转眼间，茶帘飘飘，山庄在望。

偷玉米

路边有一片玉米地，不知道是谁种的。

云巢文涛想起清香的烤玉米，馋得直吞口水。

焦急地等待窥盼着，玉米好像长得特别慢。

一日傍晚，云巢和文涛又路过那片玉米地。

忽然，文涛惊喜地发现一个胖鼓鼓的玉米！

"哎呀，终于有熟的了！"文涛压低声音兴奋地对云巢说。

云巢四下张望——

周遭静悄悄的。

"我去偷，你把风！"

云巢胖玉米似的身躯敏捷地钻进田里。

文涛紧张地催促："快点，快点！掰下来没有？"

把玉米掩在衣襟里，二人跑回山庄。

"赶快给我们煮一下。"云巢吞着口水，急切地说。

"玉米还没熟呢。看，没长粒。"老工人富贵剥开玉米皮。

　　果然，上面一粒玉米都没有。

　　"唉！白偷了。刚才，云巢偷玉米的动作倒是很精彩。"文涛笑道。

　　"偷？你们在哪里偷的？"富贵问。

　　"就在那边，山路边上的玉米地。"云巢遥指。

　　富贵吸了口烟，慢吞吞地说："那是我种的。"

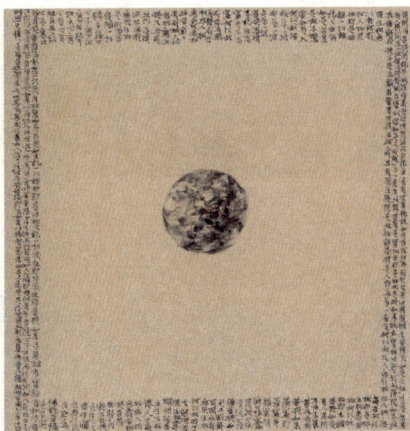

换口味

弟弟上山，住文涛楼下。

弟弟：怪！蚊子从来都喜欢咬我，咋个今天就不咬我了呢？

文涛掀起裤脚，露出十几个大红包。

弟弟：看来，你的血味道比我的还要好。

文涛：它们吃腻"川菜"，改吃"鲁菜"了。

弟弟：吃腻"山珍"，改"海味"了。

文涛：你住楼下，像大排档；我住楼上，是雅座呢。诸位客官，楼上请。

姑以名

云巢洗印了山庄四季的照片，准备挂在容堂。

为照片取名字是很好玩的事情。

文涛才思敏捷，信口而吟。云巢乐得偷懒，只负责书写名签。

石凳芭蕉取名"蕉下客"，石径青苔取名"门前迟行迹"，门扉半启取名"待故人"，含苞的蓓蕾取名"羞颜未尝开"，山庄雪景取名"投我木桃"……

几十张照片很快取完名字了，只剩下客房那一张。

客房简朴清爽。斑驳的木地板，竹编的墙壁，洁白的床单……

文涛正思索着。

云巢笑道：最后这张我来取名字——"斯是陋室，唯君德馨。"

云巢获得了今天的取名冠军，文涛屈居亚军。

几日后又为照片取名字，四张照片全部是客房。

沁凉的山风轻拂着"小重山"的幽窗，午后的阳光斑斓在"醉花荫"的走廊，傍晚的炊烟飘过静谧的"江城子"……

文涛灵机一动，有了！

姑以名——

　　静生明，

　　静生虚，

　　静生灵，

　　静生慧。

静美如斯。

22

化 蝶

文涛在溪边洗衣，一只蝴蝶翩跹飞舞、徘徊不去。

蝴蝶落到文涛身边的石头上，蝶翼警觉地翕动着。

文涛轻轻伸出手臂：到我手上来，好吗？

蝴蝶惊飞，文涛有点失望。

一会儿，蝴蝶又飞回来。文涛再次伸出手臂：你知道我多么喜欢蝴蝶吗？有时候，我觉得自己也是一只蝴蝶……

蝴蝶小心地落在文涛掌心，细长的足怯怯抖动。

文涛：妈妈给你讲过梁祝的故事吗？

蝶翼缓缓动了两下。

文涛：你知道他们化成哪种蝴蝶吗？

蝶翼又缓缓动了两下。

文涛：也许，他们化成的正是你这样的蝴蝶呢。

蝴蝶围着文涛欢快嬉戏，一会儿擦过面颊，一会儿掠过脖颈，一会儿落在胸前……

　　文涛在山水间纵声大笑。

　　阳光在清溪中跳跃流淌，蝴蝶在指尖端然静立，美
得炫目。

　　文涛：飞吧，我留不住你……

　　蝴蝶依依，终于在文涛目光中淡去。

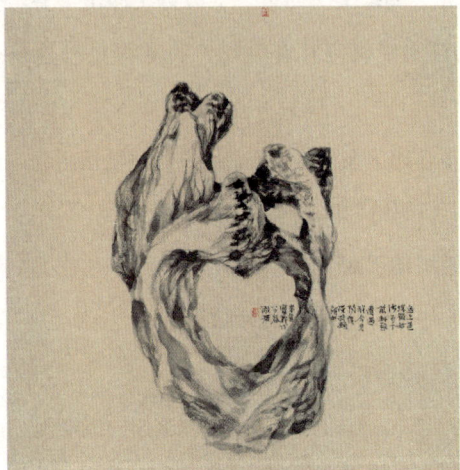

拔萝卜

妈妈带着文涛过小桥、穿竹林，绕到味江对面小小的菜地。

萝卜、鸡毛菜、香葱、大白菜，苗壮水灵。

妈妈说，自家种的萝卜鲜得很，和超市买的简直不一样。烧牛肉、煮排骨，都好。

插秧的时候，妈妈把主根切断了。萝卜毛根很多，却扎不深，不需刨土，只要轻轻一拔。

提着二十多个萝卜，娘儿俩满载而归。

妈妈说，把萝卜叶子挂在树枝上，经过风吹、雨淋、霜打、雪盖、林荫，明年夏天就成了药——清热解毒，治积食、防中暑。

切掉叶子和根须，萝卜像一群兴尽归来、沾满泥污的胖娃娃。

冬天的味水凉得沁骨，洗去泥巴的萝卜皓洁如玉。

妈妈说，过路的客人渴了、饿了，萝卜、玉米随便刨来吃，主人家不会说的，只是不能带走。鞋子烂了，主人家有打好的新草鞋挂在窗上，客人也可以穿着走，烂草鞋要留下。这是本地的风俗。

端着沉甸甸的大盆，身上微微有了汗意，冻得红彤彤的手开始发热，文涛心里踏实又高兴。

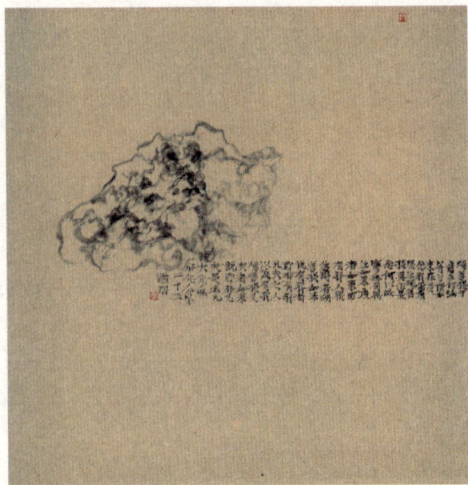

一只狗的生活意见

欧阳一家带小狗汪汪来谷中玩耍，大家在画室外闲坐喝茶。

小妹从画室出来，笑：刚才汪汪用前腿扒着画案，抻着头看书呢！那本书恰恰是《一只狗的生活意见》。

欧阳说，他们一家出门购物，一只又脏又瘦的小狗一路跟随，到小区楼下又跟着上了六楼。他们就收养了这只小狗，起名"汪汪"。

《一只狗的生活意见》讲的正是流浪狗的故事。

流浪狗仔仔经历坎坷，被妈妈遗弃、被主人抛弃、被宠物猫藐视、被野狗恐吓……后来，仔仔被一位善良的女士收留，结束了流浪的日子。玩世不恭却又老气横秋的仔仔给幼小、纯真、不知人心险恶的小狗以下忠告：

提防梁上君子、注意入浴礼仪、学会分辨敌友、选择性地服从、不要带异性朋友回家、不可咬兽医。

不知道汪汪看书时，是否记住了前辈的忠告？

人都会犯错误，狗要学会随遇而安、将心比心，别太计较。

套用英国诗人亚历山大的名言：凡人多犯错误，唯犬能见谅。

茶味渐淡，意兴阑珊。

汪汪跑过来，乖巧地摇着尾巴——

有没有人想陪我去散步？

闹猫记

二黑在琴心阁楼上安家，生了两只小猫。

文涛听着奶声奶气的猫儿叫声，心里有点发怵。

几天过去了，猫儿的叫声愈加洪亮，抓墙挠壁，不停地发出窸窸窣窣的声音。

两只猫儿大些了，顽劣异常。

咕咚啪啦喵呜哇噢……

文涛一夜惊醒数次，白天头昏脑涨。

云巢发现二黑探望小猫，正要离开，立刻喊道：二黑！站住。

二黑站住，回身定定地看着云巢。

云巢：我对你说，马上带着你的崽儿搬家。再吵得人不能睡觉，对你不客气！

文涛趁机"狐假虎威"：二黑！不要敬酒不吃吃罚酒！赶快搬家，不然……

二黑看着文涛，径直往前迈了一步，吓得文涛赶紧躲到云巢身后，不敢开腔了。

是夜，楼上安静了很多。

云巢说：你仔细听，二黑好温柔地在和小猫交流呢。喂饱奶，小猫儿就会安静的。

可是，小猫不能体谅妈妈的苦衷，依然欢蹦乱跳、恣意戏耍。

云巢先引二黑离窝，再请人架好梯子，爬上阁楼抓小猫。

小猫躲在阁楼最深的角落里，抓不到。

大家忙得团团转时，二黑在远处静静地注视着。

第二天，二黑带着两只小猫出来了。

这是二黑的小宝宝第一次来到阳光下。

妈妈惊呼：二黑！你那么丑，生的儿咋这么乖呢？好漂亮的猫儿！

两只小猫现在生活在妈妈准备的纸箱子里，喝牛奶、吃米粥、晒太阳。二黑每天探望小猫几次，又开始了优哉游哉的单身生活。

人世風波難久住長尚
洞天福地闢
玉若閣作

31

小鸡快跑

妈妈从大恒家禽育种公司种鸡场买回五十多只一斤重的鸡儿，工人们忙碌了很久才让它们在新家安顿下来。

这时，妈妈从怀里拿出一只刚孵出的小鸡。

小鸡闭着眼睛，疲惫地蜷缩着。

妈妈说，她和工人装好鸡儿正要开车，这只小鸡突然从很远的地方冲过来，大声啼叫。周围空旷寂静，并没见到别的小鸡，妈妈就把小鸡带了回来。

大家忙着为小鸡布置别墅。

纸箱、温度计、毛巾、饲料、清水……山中凉爽，取暖的设备就用红外线治疗仪。

文涛说，在箱子上面照射是中央空调，效果不太好；可以考虑地暖，照射箱子底部。

终于安置妥当了。

小鸡喝了水、吃了食，精神抖擞、啼声洪亮。

大家商量：等小鸡长大些，给它绑上脚环；怎么舍得杀来吃？让它安享天年吧。

　　文涛去过大恒种鸡场，知道一个孵化箱能孵出一万六千多只小鸡。

　　也许，有一个神奇的声音曾对小鸡说：小鸡快跑！抓住这唯一能改变命运的机会。

　　小鸡鼓足勇气冲了出来，由肉食鸡变成了宠物鸡。

　　第二天晚上，一家人正在画室玩耍。

　　忽然，隔壁房间似乎有异样的声音。

　　"猫儿！"大家惊叫着奔向隔壁。

　　一只大黄猫从桌上跳下来，仓皇逃窜。

　　小鸡毫毛未伤，大家这才松了口气。

　　原来，大黄猫溜进屋子，掀翻了小鸡别墅的玻璃屋顶，作案未遂。

　　大家谈论着小鸡是否受到了惊吓。

　　小妹说，应该不会。初生的小鸡，哪里见过猫儿嘛！它看到一颗圆溜溜的大脑袋在上面张望，可能还觉得有点好耍。

这一劫有惊无险，小鸡依旧愉快地生活着。

一周过后，小妹带小鸡在容堂外晒太阳。

小猫黑三儿悄悄溜过来，叼起小鸡就跑。

众人大喊，终于从黑三儿口中抢回小鸡。

小鸡被咬伤了，两厘米长的伤口触目惊心。

小妹把药碾成粉末涂到小鸡的伤口上，可怜的小鸡蜷缩在别墅的角落里，虚弱地颤抖着。

那只伤害小鸡的猫"黑三儿"，被改名为"瘪三儿"。

后来，猫又袭击了小鸡。云巢给小鸡正式起名为"二难"。

文涛说，再被猫抓一次就该叫"三葬"了。

后记：

"5·12"地震后，云巢回到断壁残垣的蜀盘谷，竟意外地看到了二难。再次上山接二难时，二难已成"三葬"。

荤 兔

小白是客人放生的兔儿。其他放生的兔儿都回归山野了，只有小白不愿离去，成为谷中一员。

小白喜欢蜷缩在汽车底下。每次发动车子，妈妈都会喊：看看车底下，别压了兔儿。

过了几天，小白大胆地跑到容堂玩耍。小猫的好奇、大猫的敌意、人们的爱抚，小白不亢不卑，安然接受。

文涛边跳边唤：小白，小白，来来来。

小白跟着文涛跳出十几米，见文涛没有东西喂它，有些失望；眼巴巴地看了文涛一会儿，一歪头，开始吃路边的草尖尖。

周末，客人带来一只小狗汪汪。汪汪猛追小白，小白飞奔，在空中头一转、屁股一甩，逃进妈妈住的小屋。汪汪刹不住脚，悻悻回身，小白早已安全地趴在床下了。

后来，大家发现小白敢和大猫对打！

大猫退却，小白津津有味地啃大猫留下的肉骨头。

将雏放
怀一
放剔
万境
宽阔
极达
属识
运句
刘凤
醒君
画

36

后　福

谷中原本有八只大白鹅。羽毛洁白，肥硕神气。

客人们很喜欢美味的鹅肉，六只白鹅陆续变成了盘中美味。

剩下的两只白鹅被调皮的小客人一阵追打，逃之夭夭。

少了白鹅高亢的叫声，谷中似乎少了点儿什么。

工人们整整找了一个星期，两只白鹅依然无影无踪。

也许，它们早已被野兽吃掉了？

一日，散步的客人抱回一只白鹅。

客人说，这只白鹅是在很远的地方发现的。四周并无人家，想必是你们丢失的。

白鹅叫声凄凉，恐惧不安。

可想而知，这些天它经历了多少磨难。

大家一致同意，把这只幸存的白鹅当成山庄的一员。

不杀来吃，让它终老。

白鹅在谷中寂然徘徊，享受着大难不死的"后福"。

荫

中午，天气很热。

文涛和云巢在河边散步。

沁凉的河水漫过小腿，暑气一扫而光。

滚烫的石头上有只小小的虫子，肉滚滚的身子扭动着，艰难地往旁边的草地上蠕动。

云巢用一片树叶轻轻捏起小虫子，把它放在草地上：有一点荫，它就能活下去。那几尺滚烫的石阶，对它来说就是生与死的界限。

骄阳似火，文涛和云巢往山庄走去。

文涛说：我常想，在城市里买一盆花，会很明确地知道这盆花是属于你的。在谷中，却没有这样的感觉。你在管理这片土地，太多的花草树木也是你种的。但是，它们并不属于你。它们只属于大自然。

云巢：我只是一个照看着这一切的人。每一棵小草、每一只小虫都是自由的，都是被尊重的。它们属于大自然，也属于它们自己。

骄阳忽然不再肆虐。

文涛抬头看，他们已经走进了芭蕉浓绿的荫。

此心安处

"5·12"地震后，云巢携家人迁出青城后山蜀盘谷。

一家人落户府河边的小镇上。

文涛：搬新家了，我们起一个斋号吧。

云巢：爻爻斋，怎么样？

文涛：你是阳爻，我是阴爻。

云巢：爻的本义是绳结以记要事。阳爻记大事，阴爻记小事。

文涛：我记录的都是生活小事。

柴米油盐酱醋茶——琐碎的生活，真实的滋味。

爻爻斋在一个极热闹、极平民的小区，生活很方便。

东家饭香、西家麻将，足不出户便知道得一清二楚。

虽然少了几分清静，却也多了几分亲切。

在"爻爻斋"匾额上系好绳子，准备挂在门上。

文涛提议，木牌后面应该写点什么。

云巢提笔，文涛轻声念道：此心安处即是家。

扶郎花

扶郎花——五元钱十枝。

递上五元钱，刹那间春色满怀。

坐上大巴，文涛细看怀里的扶郎花。

每朵花都罩着一个透明纸套，花瓣隐忍地收拢着。文涛扯下一个纸套，扶郎霍然绽放。

文涛心中顿生怜惜，想起刘大白的那几句诗：

　　花儿真好，

　　价儿真巧，

　　春光贱卖凭人要。

　　浓妆也要，

　　淡妆也要，

　　金钱买得春多少。

五元钱可以买到一怀春色，两元钱可以买到一条活泼泼的小金鱼，十元钱可以买到一只斑斓如画的小鸟。

　　便宜得不可思议，便宜得令人不忍。

　　也许，连"清风明月"也是有价的。

　　苏舜青四万贯买下苏州郊野一方山水，修园造舍，名"沧浪亭"。欧阳修曾有诗句："清风明月本无价，可惜只卖四万钱。"

　　李白却说："清风明月不须一钱买"。也许，金钱买不来的是心中的"清风明月"吧。

　　心猿意马，意马心猿，文涛险些坐过了站。回到家中，却发现自己竟然连一只花瓶都没有。

　　剪开一个大大的可乐瓶，注满清水。

　　扶郎花呀扶郎花，金瓶豪华，玉瓶无价，可乐瓶才是你的家。

外婆语录

外婆说的都是入骨的大白话。

许多"语录"并不是外婆的原创，原创者是我们大家的外婆，是外婆的外婆。

一 命里只有八尺，难求一丈

外婆很知足，她常说：你外公是个好人，虽然我和他不对脾气。可是，我的女儿好，女婿好，外孙们好，亲戚们好，邻居们也都好。

其实，最好的是外婆。外婆很有凝聚力，是一个有人格魅力的人。大家有什么为难的事总会找她商量。外婆为女儿和外孙的付出就更多了。弥留之际依然放心不下。

外婆豁达、明理，极聪明；可惜不识字。不然，外婆一定是个"人物"。

二 身上有逆鳞，脑后有反骨

外婆常带文涛听戏。看到一些反朝廷的戏剧，外婆会说：这些人的身上有逆鳞，脑后有反骨。闹好了，成一个人物；闹不好，一生受罪。他们心里不安分啊！

逆鳞文涛当然没有，摸摸后脑勺。天呢！真的有块突出的、不驯服的骨头。

外婆笑：女孩子家要什么反骨？听话些、糊涂些最好。

三 不识字，可能你就不失眠了

文涛神经衰弱，睡不着觉只好看书。

文涛对外婆说：幸好我识字，可以看书。不然，睡不着觉可怎么办呢?

外婆说：不识字，可能你就不失眠了。

四 老实孩子闯大祸

邻居都很羡慕我们家的孩子老实、好带。外婆却说：

老实孩子闯大祸。我宁肯她们现在调皮一些，闯点小祸。也许，倒能平安一生呢。

五　没活到八十别笑话人

外婆最不喜欢那些"气人有，笑人无"的人。她说：没活到八十别笑话人。你怎么知道自己家就不会遇到点事？

外婆生病后说：活到八十也别笑话人。我一辈子没生过什么病，八十岁得了癌。

六　一世学吃饭，两世学穿衣

红鞋显脚大，绿鞋像黄瓜，留着黑鞋走娘家。

外婆很爱干净。她梳头发的时候，身上要披一块布。因为这样，就不会有头屑和碎发落到身上。

外婆很爱漂亮，她说："一世学吃饭，两世学穿衣。"穿衣的学问可大着呢。外婆告诉文涛她们做"嫚嫚"的时候梳什么样的头、穿什么样的衣服、鞋上挑什么样的花。

外婆最喜欢文涛穿那双式样简单的黑皮鞋。她说：红鞋显脚大，绿鞋像黄瓜，留着黑鞋走娘家。

七　十分精神用九分，留着一分给子孙

精神，在这里是聪明的意思。外婆说：祖辈、父辈太"能"了，儿孙往往又笨又无能。还是别把精神用满了，留着一分给子孙吧。

八　穷不过三代，富不过三代

穷人家只要有一个孩子有出息了，就把这家带起来了；富人家出一个败家子，这家运道就衰下去了。

昔年種竹蜀江濆
聚谷青山隔路塵
遇雨聲細至

从渔家到农家

七月——

朋友：你最喜欢做什么家务？

文涛：整理衣橱。

朋友：最不喜欢做什么？

文涛：打理花园。

朋友：你对"泥土"没有一点感情，骨子里就不是农民。

文涛：你忘了俺是哪里人了？俺是打鱼的，又不是种地的。

八月——

文涛：带我去一趟花市吧。

云巢：又要去花市？

文涛：我准备一年不买衣服，你再带我去一趟嘛。

云巢：那好吧。

文涛：买一件衣服的钱，可以买半园子花草。我以前怎么那么傻？

九月——

云巢：你吃早饭没有？在花园多久了？

文涛：还没吃呢。我都干了两个小时活了。

云巢把茶杯递给文涛。

文涛撩起衣裙，擦擦手上的泥，接过杯子。

云巢：怎么也想不到，你会有这样的动作……

短短三个月，文涛彻底变成了农妇。

花园渐渐有点看头了。

小木屋收拾整齐，做文涛的游戏室。

发发呆、种种花、拔拔草、看看书、喝喝茶、听听音乐。

实在没事做了，就画画。

换车记

终于买车了!

自行车。

云巢:我们买自行车比买宝马都开心。

文涛:骑自行车又环保又锻炼,一举两得。

上网。

看到刘师亮先生的对联——

> 马路已捶成问督理何时才滚
>
> 民房快拆尽愿将军早日开车[1]

二人拍案叫绝。

---

[1] 四川话"开车",有开溜的意思。

云巢准备骑车出门。

文涛见他磨磨蹭蹭，就指着车轮问：何时才滚？

云巢笑回：马上开车。

歪对子

　　文涛一向喜欢吃清淡的食物。这段时间因为蛋白质过敏，一点肉也不敢吃了。可能是心理作用吧！文涛最近很想吃肉。

　　文涛皱着鼻子在云巢身上乱闻："好新鲜的气味，有点像……"

　　"像什么？"云巢有些不好意思。

　　"像五花肉，新鲜的五花肉。好新鲜……"文涛陶醉着。

　　云巢生气了："我是'五花肉'，你就是'八宝粥'！"

　　五花肉、八宝粥——对仗工整、传神贴切，可以做二人的雅号。

　　云巢画画很专心。

　　文涛一会儿冲咖啡，一会儿泡茶，一会儿端零食，时时添乱。

云巢正画青城山十景，感慨道："据说大千画画的时候，有两个美女在侧侍奉。文涛以一当二。"

文涛酸酸地撇嘴："人家张大千有两个'美女'，云巢却只有一个'麻婆'。"

美女、麻婆——工整得无奈。

连续剧《西游记》，如来佛正在收六耳猕猴。

云巢忽发奇想："如来佛，可不可以对——将进酒？"

词性居然勉强说得过去。

将进酒，杯莫停。麻婆歌一曲，请君为我倾耳听——五花肉，八宝粥，世间美味无过此，与尔同享到白头。

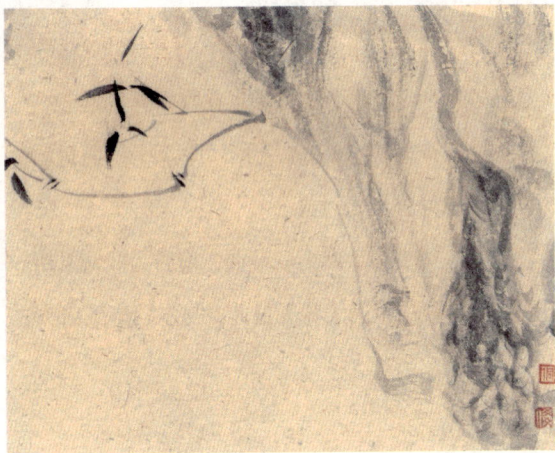

数绵羊

文涛和云巢不知为何一起失眠了。

文涛看书，云巢看电视。

实在睡不着，文涛抱着枕头跑到云巢的卧室。

"我睡不着。"

"我也睡不着。"

"怎么回事？好久没失眠了。"

有一句没一句地说着话，睡意渐渐袭来。

文涛："大灰狼睡不着的时候会数，一只绵羊、两只绵羊、三只绵羊。我不是大灰狼，我是色狼。我就数，一个姑娘、两个姑娘、三个姑娘，数着数着就睡着了。"

云巢："我不是色狼，是饿狼。太想吃都江堰的鸭肠了，我就数，一根鸭肠、两根鸭肠、三根鸭肠……"

奇 缘

陈旧的木质针线盒,漆色斑驳,盒子擦拭得很干净。

文涛打开盖子——几卷颜色暗淡的棉线、一个金属顶针静静地躺在盒子里。

拈起顶针细看——坚硬的质地、精巧的式样、岁月琢磨过的含蓄……

文涛:这是干妈用过的吗?

玉叩:当然。

文涛像戴戒指一样把顶针戴到左手中指上,顶针的圈圈很小,干妈的手指一定很纤细。

文涛:可以把它送给我吗?

玉叩:当然。

文涛摩挲着顶针,孺慕之情油然而生。

文涛:干妈一定想不到,她生前用过的顶针会戴在我的手上。

玉曰：当然。

人与人有奇缘，人与物也是有奇缘的。

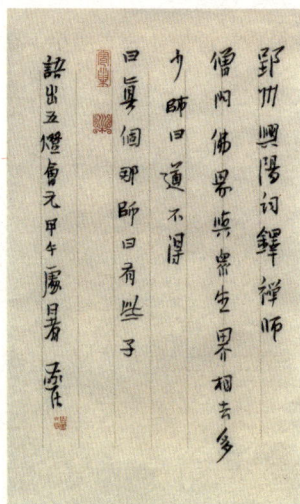

鹌鹑和鸭子

一

文涛起稿画鹌鹑。

鹌鹑寓意平安、吉祥，鹌鹑色泽古雅，敦厚可爱；鹌鹑好吃，炸着吃最香。可惜鹌鹑太瘦小，吃起来不过瘾；要是能肥些、大些就好了。

画完后，文涛总觉得哪里不对劲儿。

云巢惊呼：鹌鹑为什么画得如此肥大？都要撑破画面了。

文涛恍然：画的时候只想着肥鹌鹑好吃，不知不觉就画成这样了。

云巢：你以为画是按斤两卖的吗？

文涛：画当然按尺寸卖。可是，鹌鹑是论斤两卖的。

二

云巢带回一盒香喷喷的"温鸭子"。

云巢：小刚送我们两只鸭子。

文涛：我们送了小刚一张画，画的是两只鸽子。

云巢：小刚挑的这两只鸭子，是饭店里最大的。

文涛：我们用画的鸽子换来了真的鸭子。

云巢：呵呵，还是"瘟鸭子"。

文涛：早知道这样，我就画大象了。

不知道大象能换来什么？

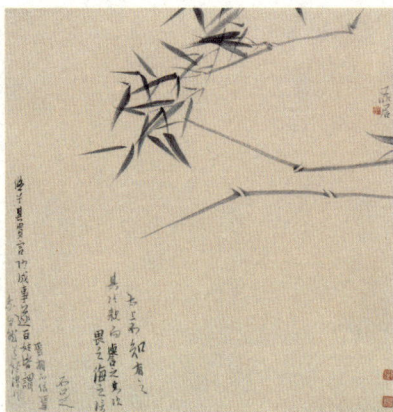

邻家有女

油画家侯荣是云巢的挚友。

二人亲上加亲，又做了邻居。

一

侯家有女，芳名佳七，细巧可人。

一日，佳七在罗汉床上午睡。

双颊嫣红，唇若花瓣，低垂的睫毛像两把精致的小
扇子。

佳七妈妈说：我常想——天使应该就是这个样子的。

文涛心里一动，竟有流泪的冲动。

每个孩子都是天使，他们的妈妈也是。

二

冬日，梅香满室。

佳七玩娃娃家，为文涛煮面。

佳七：大伯妈，要不要加一点老抽？

文涛：加一点吧，不要太多。

佳七：要不要加几朵梅花？

文涛一愣：加两朵吧，面一定更香。

佳七做游戏的时候，会把大家都当成小朋友。

她嫩声嫩气地喊爸爸"侯哥哥"，喊妈妈"曾姐姐"，喊云巢"乐哥哥"。

佳七喊得老哥哥、大姐姐又开心又有点羞涩。

慢慢地，他们竟变得和佳七一样大了。

三

佳七洗完澡，雪雪白、喷喷香。

佳七：爸爸，我像不像一个甜甜圈？

佳七指着身上披着的白纱布：我身上还披着糖霜呢。

佳七把胳膊伸到爸爸嘴边：爸爸尝尝嘛，甜不甜？

侯兄心里甜透了。

瓜笑我瓜

一

圣诞节，云巢文涛去拜访余伯伯——流沙河先生。

隔着马路，云巢文涛看见钱斯华夫妇和钟雁抄着手坐在台阶上。

三位老友此时就像成都街头晒太阳的老头儿、老蔫儿。

他们远远地喊道：先别忙着过来，给我们拍几张照片嘛。我们这些老人家在晒太阳，讨论养老问题。

二

赵莉瘦了很多，又剪了短发。

文涛：你就像变了一个人。如果不是站在斯华身边，简直认不出是你。

钟雁：我也没认出来！

斯华：别说你们，连我也是过了十分钟，才认出她来。

赵莉：今年忽然觉得自己老了，就换了个发型。再过些年，我们也像余伯伯这样，在家里等着娃娃们来看。

大家又笑又感慨。

我们八十岁时，哪些娃娃会来看我们？

三

余伯伯精神很好，妙语如珠。

老人家讲起云巢的二娘乐以成先生趣事。传说中的乐以成先生变得鲜活、亲切，令人顿生孺慕之情。

他说到"乐"字的四种读音，乐姓的起源和乐姓的迁徙。

云巢频频颔首。

余伯伯说：我到现在还活着，至少有一个好处。那就是，你们这些娃儿们看到我，会觉得自己还很年轻。

他说：人有三种"气"——官气、文人气、匪气。我这辈子无官气，匪气也没了，现在只有一点文人气了。

四

三个小时很快过去了。

五个已是中年的娃儿向八十岁的老娃儿告别。

钟雁说余伯伯曾送给她一张站在南瓜旁边的照片，上面写着——瓜笑我瓜。

笑我者瓜？

还是，我笑者瓜？

且待后人评判。

铲子饭勺

文涛买了小香葱，欲栽到地里。

云巢：我们还没买农具，怎么办？

文涛：几棵小葱还需要犁耙不成？咱们家有一把黑乎乎的铲子，正好用来挖土。

云巢：哪里有铲子？我怎么不记得？

文涛拿出铲子。

云巢睁大眼睛：你真的准备用它挖土？

文涛：是啊！

云巢：这是古董！从前人家用的饭勺。

文涛：哦？我以为是生锈的铁铲呢。

云巢：生锈？这是牛皮做的！用它挖土就像用金条做撬子。

文涛将古董扔到一边，抓起一把不锈钢饭勺。

古董饭勺不能挖土，现代饭勺总可以吧？

大佐和贞子

养了两只乌龟，芳名大佐、贞子。

大佐上蹿下跳，活泼好动。

云谷说：你家乌龟是属猴的。

大佐兴高采烈地属猴，贞子老老实实地属龟。

贞子幽幽地龟缩在角落里，不吃不喝。

有几次，文涛差点把它当成石头扔到地里。

落户爻爻斋半月后，贞子终于开始吃东西了。

文涛总是把狼吞虎咽的大佐关禁闭，让贞子独自"米西"。

贞子的食量只有大佐的四分之一，用餐时间却是大佐的四倍。

那日，大家一起聊天。

云巢：文涛经常吓大佐，又跺脚又乱叫，吓得大佐跑得飞快。

文涛：那是为了训练它的胆量，我会把它培养成忍者龟的。

侯荣：这种乌龟不能一直泡在水里。

文涛：要适应环境嘛。我会把它培养成水龟的。

侯荣：也不能一点水都没有。

文涛：要适应环境嘛。我会把它培养成旱龟的。我都适应四川生活了，它也能。

侯荣：你要不要喂它们一点花椒和回锅肉？

文涛：它们遇到我这种主人，真是……

侯荣：真是三生有幸。

文涛用一只大笔洗作禁闭室。

大佐和贞子一同关禁闭时，大佐就踩着贞子逃出来。

大佐自己关禁闭时，单枪匹马也能逃出来。

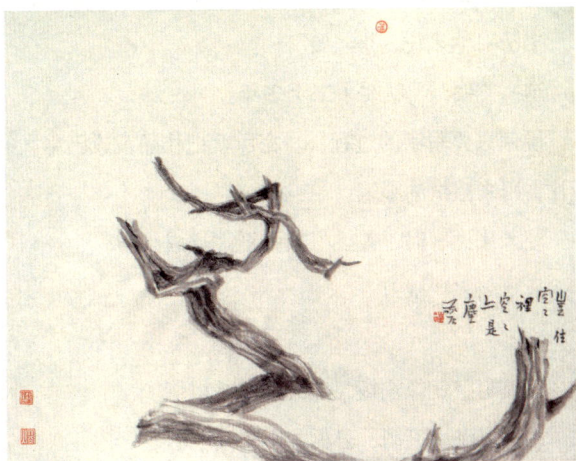

票　友

侯荣是油画家。

书法对他来说，是"耍"。

这一"耍"，就耍了二十多年。

侯荣只要写字的过程，写完后就把作品裁成巴掌大的纸片，用来擦拭油画笔。

朴聋来做客时，曾挑了数张纸片裱成小册。

云巢名之"拭刀"。

云巢写字就像吃饭，几天不吃饿得慌。

古人以汉书下酒，云巢常用字帖下酒。

翻一页，喝几口，有滋有味。

文涛不必准备下酒菜，乐得偷懒。

云巢写完字，厨房总多一叠裁好的纸用来擦拭油渍。

文涛准备挑几张也裱成册子，名——

揩油。

园丁手记

一

云巢：花园怎么打整，你心里有打算了吧？

文涛：我都计划好了。先清河道，再削三藩。

云巢：够气魄。清河道，我晓得。你要削哪三藩呢？

文涛：杂草、虫子、红苕花。

云巢：红苕花？

文涛：一直不喜欢红苕花。昨晚它被风吹倒，一头扎到泥里，给了我削它的理由。

二

文涛：我想买几株月季。

云巢：你要月季干啥子？

文涛：我清出了两块地。面积太小，不够开发楼盘，只好种几株月季。

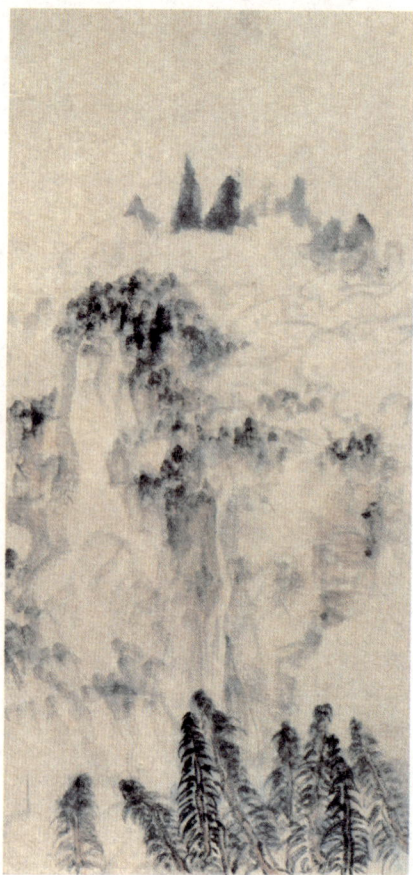

二八佳人

徐无闻先生的夫人今年88岁，鹤发童颜，神采奕奕。

儿孙们说：老人家马上就要成"九零后"了，现在是"二八佳人"。

今天上午，徐师母和儿孙们一起来爻爻斋做客。

楼层太高，老人家并不感觉吃力。

老人家说：昨天给徐先生扫墓，三百七十级台阶我都上去了。

凝视着爻爻斋悬挂的徐无闻先生的书法作品，老人家眼圈红了：徐先生太劳累了……你们不要那么累。

云巢赶紧表态：我绝不让自己累。

老人家：我经常说，我现在享的都是徐先生的福。

云巢：您有福气，把两个人的福一起享了。

老人家看到徐无闻先生题写的"蜀盘谷"匾额，叹息：那么好的地方，可惜了。

参观完楼顶花园后，老人家说：你们现在的家，比起蜀盘谷，就像一个盆景。

徐无闻先生的侄儿拿来几张字，请老人家补章。

云巢取来印泥，用徐先生的印认真地补盖印章。

老人家：你盖印章太讲究，辛苦你了。

云巢：不辛苦不辛苦。

文涛感慨：谁能想到，多年后你竟给徐先生做了一次书童。

云巢：何其有幸。

雨　滴

云巢教文涛画水：

手腕放松，水才能灵动，线条不能死板，也不能杂乱。这样画水的很少了，古画中很多。

文涛学画了一组流水。

云巢赞许道：这几条线不比我画的差，文涛确实聪明。

文涛审视着自己画的线条，认真地说：我觉得缺少些趣味性。

云巢很感兴趣。

文涛不慌不忙地添画了几个卡通小雨点，小雨点们眯着眼睛、咧着小嘴往小河里跳。

云巢哭笑不得：好好一张画被你弄成这样。

雨滴落在小草上，一点一个敬礼。

雨滴落在水面上，一点一个酒窝。

卧　游

云巢文涛一起"卧游"富春山。

云巢品笔墨，文涛看印章——乾隆御览之宝、嘉庆御览之宝、宣统御览之宝……

文涛：哪一幅古画上都有乾隆皇帝的印章，他恨不得盖在画中央。以后请人给我刻一方"文涛御览"，我们不能在真迹上盖章，还不能在复制品上玩一下？

云巢：何必将来，现在就钤。

取出朱文小印"文涛"，文涛连忙指向三个皇帝的印章。

文涛：盖在这里。

云巢：别乱来，老老实实地钤在右下吧。

文涛：有人看到咱们这本画册，会不会纳闷——怎么多了一方印章呢？文涛何许人也？需要认真考证一下。你

清湘老人画石，以草篆八分大千世界，
本结成而随意应之，随笔点化之，
远观善在如岭石，近视之则离奇变
幻，老气苍茫不可以形象求之，然不
妨结成于一笔而离奇变幻于其间也。
此石即今人法以草篆八分之法，
而离奇变幻有过于清湘者，不可谓
法不在清湘之下也。

此亦是苦瓜和尚之极精品，可
宝之。

敬观
墨猴记

81

敢不敢题跋？就题在董其昌旁边。

云巢：不敢。

文涛：复制品上都不敢？

云巢：题跋不敢，添一笔嘛……

云巢用极淡的墨在远山处抹了一笔。

两人相视一笑，继续"卧游"。

梗楼梯[1]

一家人去宝光寺数罗汉。

斋堂遇见能澈法师，他正陪一位二十多岁的洋帅哥吃饭。

能澈法师笑：这位美国朋友酷爱中国功夫，为寻求"易筋经""洗髓经"而来。

服务员穿梭上菜，报菜名：凉拌鸡、红焖鹅、红烧鱼……

鸡、鹅当然是豆制品，红烧鱼则是一条浇汁的土豆泥。

云巢请教能澈法师：素菜何必荤名呢？

能澈法师说：能有斋口之行，已经不易。人的根器、资质千差万别，就好像我们大家上楼，总不能要求大家都上梗楼梯吧。

---

[1] 梗楼梯：成都方言，意思是整个的楼梯，没有一级级的台阶。

言罢，能澈法师抄手衣袖，继续给洋帅哥讲不是武林秘籍的"易筋经"。

同案犯

文涛：朋友们说我们俩是"同桌的你"，一起画画很浪漫。

云巢：我们不是"同桌"，是"同案"。共同使用一个画案的"同案犯"。

每对夫妻都"同案"，都是"同案犯"。

朋友去法国，和法国人谈起什么是"浪漫"。

法国朋友说：红酒、蜡烛、献花、情话，不是浪漫，那是我们的日常生活。

繁华与荒芜

青岛的家，斋号玉茗阁。

玉茗阁有个小小的院子。

小院一直空落落的，水泥和瓷砖盖住了薄薄的土壤，看到小院的人都说太可惜。其实，这样也好，不用担心长满难以清理的杂草。小院唯一的用途就是在艳阳天晒被子。

今年春夏，玉茗阁人去楼空。

秋日归来，文涛惊讶地发现砖缝里长出一簇簇半人高的野草——毛茸茸地开着花，热闹闹地结着果。

楼上邻居唤文涛：赶快除草吧！杂乱荒凉得不成样子了。

文涛握一杯暖暖的清茶，眯起眼睛看着秋阳下的小院——草叶上密密地爬满小虫，三五成群的麻雀飞到小院里吃草籽、捉小虫，悠然自得。此情此景，安闲遥远如古绢上的图画。

文涛无法判断，这情景是繁荣还是荒芜。

云巢：你不会狠心地破坏小鸟们的世外桃源吧？

文涛：等到深秋草木自然凋零吧。

文涛在杂草中晒被子，收被子时要细心地检查被子上有没有偷渡的毛毛虫。

就这样，就这样。

任小院繁华地荒芜着。

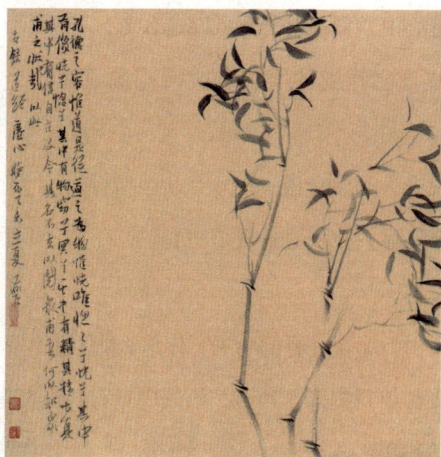

菊　展

公车的最后一排坐着两位老人。

干枯的脸上布满皱纹，手上、胳膊上布满硕大的老年斑。

这两位老爷子有八十多岁了吧？没有家人陪同，身体还算硬朗。

文涛心中一紧：人怎么可以这么老？

看看自己纤细的手腕，文涛想象着生出老年斑的样子。

两位老人开始交谈——

"今年你去公园看菊展了吗？"

"没去。"

"没去？那么好看的菊展！你怎么能不去？"

老人惊讶得提高了声音，语气中竟有些许责备。

文涛心里一阵凄凉。

89

夕則溫也 ... 忽然是以聖人抱一為天下式
孟左

这两位老人此生还能看几次菊展？

耄耋之年，对世事看得更淡了，还是更浓了？

文涛许多年没去看菊展了。小时候的菊展是秋游加作文，学画后的菊展是玩耍加写生。现在的菊展呢？估计更不好看了。一盆盆菊花被蹩脚地堆积成搔首弄姿的孔雀，或者闹腾腾地环绕着广告牌。

如果文涛的余生还有四十年，还可以看四十次菊展。

四十次太多，多得可以随意错过；四十次太少，少得只是弹指瞬间。

好友温泉曾经讲过：在西藏，死去的人杯子会被倒放；修行的人在睡觉前也会把自己的水杯倒放。因为，没有人知道自己明天会不会醒来。

买鸟记

云巢文涛约了董哥一起逛鸟市。

理想中的鸟儿要好喂养、能入画，价格便宜。

鸟市很大，符合这三个条件的鸟儿却不多。

有了董哥这位高参，云巢文涛满载而归。

文涛选了一只灰喜鹊、一只鹌鹑，云巢选了一只乌鸫。

文涛身穿灰蓝牛仔服，提着灰蓝的喜鹊：它的颜色和我的衣服很搭呢。

云巢提着秃顶的乌鸫，文涛偷笑：难怪有人说——什么人遛什么鸟。

云巢：这只鸟有特点，丑乖丑乖的。

文涛戴上手套，清洗鸟笼，给鸟儿洗淋浴。

云巢：打理好了？

文涛：好了，我还教育了它们。

云巢：怎么教育的？

文涛：我对它们说——有什么好怕的？又没打你们，只是洗个澡嘛。当作下雨不就行了？不许乱飞乱吵！

云巢：它们听你的吗？

文涛：它们听话多了。

文涛给灰喜鹊起名——喜儿。

鹌鹑嘛，顺口喊它——大春。

云巢说，再买只伯劳，起名"杨白劳"。

文涛说，再买只黄鹂，起名"黄世仁"。

一出《白毛女》就齐全了。

好时节

那日，云巢携文涛去西郊公园看画展。

画展旁边是锦里。

文涛：要不，你自己去看画展，我……

云巢：你居然想去锦里？

文涛：还是乖乖陪你看画展吧。不然，会被你笑话一辈子。

看完画展。

文涛：要不，咱们……

云巢：好嘛好嘛，陪你去锦里逛逛。

喝着老成都酸奶，在浓厚的旅游气息中闲逛。

文涛：我喜欢锦里。在这里，觉得轻松、舒服。

云巢：为什么？

文涛：这条街上几乎都是外地人，冲淡了四川味儿。

坚守过冬天的树叶，终于宣布妥协。

三三两两，不轻不重地落到地面。

深红浓绿，色彩斑斓。

深夜，云巢为合写的画作题跋。

枯枝不枯，一只艳丽的小鸟调皮地站在枝头。

就题无门禅师那首民谣似的诗偈吧——

　　　春有百花秋有月，

　　　夏有凉风冬有雪。

　　　若无闲事挂心头，

　　　便是人间好时节。

一枝栖

云巢文涛一起翻看"周氏大老虎"的照片。

云巢：位高权重、鸡犬升天、捞人、大出殡、抄家、牢狱……这剧情像极了……

文涛：《红楼梦》。

云巢：周家上演了完整的一台大戏《周楼梦》。

文涛：现代所有的故事，历史上都已发生过。早已没什么新鲜故事，只是换个版本，换个背景罢了。

云巢：忽然想到《桃花扇》里的那曲《哀江南》。

文涛：眼见他起朱楼，眼见他宴宾客，眼见他楼塌了。

云巢：我加一句——古今同幻梦，千般尽荒唐。

文涛：咱们画着玩儿？

云巢：好。这套画，用草纸吧。

文涛：草纸又生又粗，也能画工笔？

云巢：我们也荒唐一次，有啥子嘛。

云巢文涛合作了一套草纸版本的《一枝栖》。

拥有整片森林，栖身的也只是一枝而已。

99

一曲按摩

梓又琴馆戴茹教授新录了两张碟子《离骚》《大胡笳》——

高保真，精美、经典。

夜晚，凉风习习。

云巢：今晚我们好好听一下。可是，我还想享受按摩。

文涛：你到床上摆一个"平沙落雁"的姿势，我用"流水"的手法给你按摩。

肥雁舒舒服服地趴在床上，等待着。

文涛凝神静气，舞动手指。

客厅里传来悠远的琴声。

文涛：这首曲子是不是《流水》？

云巢：你自己听嘛。

文涛：果然是呢。俺的手法怎样？

云巢：你的手法很好，如行云流水。

文涛：古人云，一曲菱歌敌万金。那么，一曲按摩呢？

云巢：按摩完这曲再说吧。

文涛：这首曲子怎么这么长？

云巢：是长嘛。

文涛细听：原来早就不是《流水》了！

按摩完毕。

二人虽未正襟危坐，却是极认真地听完了两盘碟子。

万万不能辜负戴老师的心血和心意。

漏灯盏

很久以前——

云巢被文涛捉弄，常常哭笑不得。

云巢：你怎么会如此顽劣？

文涛：后悔了吧？后悔已经晚喽。

云巢：唉！千挑万选，选了个漏灯盏。

文涛：漏灯盏——多好的网名，我马上注册。

此时此刻——

盼星星盼月亮，第四家邻居终于入住。

文涛：我们楼顶四家终于大团结了。

云巢：是啊。

文涛：你要做好心理准备——四家女主人中，你的老婆是最懒的、最笨的。

云巢：哦。

文涛：提前给你打预防针，免得以后你太受打击。

云巢：唉！千挑万选，选了个漏灯盏。

文涛：我都快要忘记这个网名了。江山易改，禀性难移。

偶然和万里英大哥说起这个网名。

大哥笑：你不是普通人家的漏灯盏，是卖油郎家的漏灯盏，不怕漏油。

于是，大哥画了一张胖老鼠和灯盏——

卖油郎家漏灯盏，

几时有缺几时添。

阿鼠出门不登高，

舌尖伸处有美餐。

一步之遥

最热闹的步行街有家医院。

于是，琳琅满目的商铺中便理所当然地有了一家寿衣店。

路过这家寿衣店，文涛总会情不自禁地往里面看一眼。

店铺里从不开灯，扑鼻的樟脑味令人瞬间窒息。

幽暗的店铺里整整齐齐叠放着几摞寿衣。大红、艳黄、宝蓝、黑褐罗列出隔世虚幻、浓烈的色彩。

寿衣店经常空无一人。门大开着，柜台上摆着一盒名片。寿衣都是至亲为至亲买吧？有没有人为自己来选寿衣呢？

寿衣店前面是一家服装专卖店，震耳欲聋的音乐中几个男孩女孩边击掌边吆喝。

生死，一念之间。

阴阳，一步之遥。

玩物丧志

一

云巢文涛几乎每晚都沉醉在"家庭影院"中。

那晚，看的是《海豹突击队》。

文涛：壮硕敏捷，这才是男人啊。

云巢：哼。

文涛：别生气嘛。其实，你比他们更可爱。

云巢：哼。

文涛：他们是海豹突击队，你是……海豹。

二

阿甘一生只爱过一个女人——珍妮。

阿甘的世界如一条纯美的河流，清澈见底。没有世俗的一切，只有最洁净、最纯真的爱。

珍妮童年受到侵犯，阿甘浑然不懂，他只知道小珍妮不喜欢回家。两个孩子坐在树杈上，晃着小腿等待星星出来。

　　珍妮在色情酒吧唱歌，阿甘依然为她高兴。他认为珍妮实现了做一名歌手的梦想，对于珍妮在舞台上一丝不挂只用吉他遮羞，他并未觉得有什么不妥。有人骚扰珍妮，阿甘推开那人，抱起珍妮离开。

　　珍妮堕落了，吸毒、混居。阿甘木讷地望着珍妮的背影，无论珍妮在哪里、在做什么，她都是阿甘唯一的爱人；阿甘每时每刻都在想念她。

　　珍妮：为什么对我这么好？

　　阿甘：因为，你是我的姑娘。

　　珍妮拥抱阿甘：我永远是你的姑娘。

　　珍妮转身离去，继续流浪。

　　阿甘智商低下，是上帝的笔误。后来，上帝在阿甘的额头吻了一下。

　　于是，就有了阿甘的故事。

青　蛙

　　文涛画了二十多只青蛙，兴冲冲地拿给云巢看，眼巴巴地等待表扬。

　　云巢没说什么，只是让文涛用心体会齐白石的青蛙。

　　文涛有些纳闷：我画的到底好不好？你还没说呢。

　　云巢笑而不答。

　　文涛又画了几只青蛙，恍然大悟。

　　文涛：知道了，我画得不好。

　　云巢很欣慰：说说看，你是怎么知道自己画得不好的？

　　文涛：因为我们家还有蚊子。如果青蛙画得好，蚊子早就吓跑了。

复读机

云巢的天职是"教育"文涛，就像猫的天职是抓耗子。

绘画时，云巢是文涛的老师。

干活时，云巢是文涛的师傅。

真可谓语重心长、娓娓道来，说而不厌、诲人不倦。

久而久之，文涛"默而识之"。

绘画时——

云巢念开场白：文涛，我跟你说——工笔画……

文涛立刻接口：工笔画叫细笔画更恰当。一味地追求细致，容易画得腻起。你空了多看看张大千的花鸟，减了传统工笔的很多东西，简洁单纯，工笔的特点却更突出了……

文涛一本正经地模仿云巢，语气神态惟妙惟肖。

云巢哈哈笑，抓起一本书，敲文涛的脑袋。

洗碗时——

云巢念开场白：文涛，我跟你说——川菜油重，碗不好洗……

文涛立刻接口：不要把碗摞在一起，碗底沾上油很难洗。你先用我裁的练字纸把盘子擦一道，不要放太多洗洁精。做完饭，不忙着关热水器，用热水洗，又快又干净……

文涛一本正经地模仿云巢，语气神态惟妙惟肖。

云巢哈哈笑，抓起一根筷子，敲文涛的脑袋。

如此这般，文涛每天数次模仿秀。

一周后。

文涛：怎么不教育我了？我都变成你的复读机了。想听哪段？马上播放。有关艺术的还是生活的？

云巢：道理你都懂，只是不去做……

文涛：道理你都懂，只是不去做。说明你没有真正懂，没有真正学到手。学到手了，才能形成意识，才能灵活运用……

人工智能复读机又开始播放了，云巢无可如何。

其实，文涛挺喜欢云巢的开场白——

文涛，我跟你说……

斗茶图

很久以前就想画《斗茶图》，可惜相关的图片资料很少。

网上找到刘凌沧临写赵孟頫的《斗茶图》。

修改后，文涛用十几天的时间画好两位高士和侍从。

云巢偷懒，迟迟不肯补景。

茶仙们在白茫茫、空落落的宣纸上，一站就是几个月。

林女士来访，对此画一见钟情，立刻拍板预订。

云巢说：还没配好，你怎么知道最终会是什么效果？

林女士说：无论您怎么布景营境，我都喜欢。

闻听此言，云巢乐呵呵地丢掉细笔，率性地挥舞着大刷子。

云巢画得酣畅，文涛却看得心惊肉跳，生怕恣意的浓墨真的把"茶仙"染成"墨客"。

云巢边想边画，折腾了几天。茶仙们终于安闲地站在柏树林里斗茶了。

二

云巢把《斗茶图》发在微信，引起热闹的讨论。

有朋友问：我咋个想到《智取生辰纲》呢？

有朋友解释：有资料记载，当年戴敦邦画《智》就曾参考赵孟𫖯的《斗》。

"文人们"挽袖露怀钻到林子里，马上就"草莽"了。

反之，"草莽们"革命到朝堂，玉带紫袍一穿，立刻就"文人"了。

砖家也曾说过：《水浒传》描写的是一群文人化的草莽英雄。

文涛开始胡思乱想——

赵孟𫖯约朋友在柏树林斗茶。

禅茶一味。斗着斗着，文人们就开始谈禅了。

谈着谈着就悟了，悟着悟着就空了。

空着空着，干脆剃度做和尚了。

和尚们继续斗茶，斗着斗着就饿了。

饿了就下山喝酒吃肉，喝着喝着就醉了。

醉了就打山门，倒拔垂杨柳。

……

这是赵孟頫？分明是鲁智深嘛。

安全隐患

贞与选了一处房子，房型基本满意，只是在最高层——六楼，贞与有些犹豫。

文涛：一个大小伙子，六楼还嫌高？

贞与：不是。楼顶没人经过，我怕有安全隐患。

文涛：你又不是大姑娘，能有什么安全隐患？

贞与：我不是说人身安全，是家里的东西。

文涛：也对，现金不要放在家里。

贞与：不是现金。我是说，那些书。

云巢：书？你尽管放心。我要是贼娃子，都不偷书啰。

贞与：很多书都是作者本人签名送给我的。

文涛：你放心，签名书也没人要。

贞与：还有我读过的书嘛，里面有许多我的批注。

云巢：你尽管放心，那也没人偷。

贞与：能用钱买到的，丢就丢了嘛。这些都是用钱买不到的，很珍贵。

一窗晴来双眼朦胧撰手批
池荷□□□□□□于蜀物书
卿曜和见陈竹佛先之梁某

117

立冬　白猫

华灯初上。

刚进小区大门，妈妈就看见了那只白猫。

和大多流浪猫不同，它有一身雪白松软的长毛。白猫在小区里生活好几个月了，不知道它是怎样打理自己的，竟和家猫一样干净。小区物业也就默许了白猫的存在。

白猫看到妈妈，立刻站起身快跑几步赶在妈妈前面。

白猫迈着猫步，优雅地款款而行。妈妈走得很慢，白猫回头看到与妈妈的距离远了，就把脚步放慢些。慢走的猫步颇有几分矜持。

一单元到了，白猫停下来，坐在路边看着妈妈。看到妈妈没有停步的意思，白猫又往前走，步态从容。

二单元到了，白猫又停下来。看到妈妈还是没有停步的意思，白猫继续往前走，步态依然从容。

三单元到了，白猫再次停下来，妈妈从包里拿出钥匙，白猫立刻跑到大门前乖巧地坐下。

门开了，白猫很快跑进去，静静地趴在楼梯下，甜甜地叫了两声表示感谢。

很多人想收养白猫，白猫却和人们保持着恰当的距离。它每晚在小区门前等待，只是想进楼里面取取暖。

夜里很冷，立冬了。

偶然和必然

云巢——

偶然，在老友处见到一叠粗纸。

试笔，抽出一张画了几节树桩。

文涛——

偶然，看到树桩苗壮、笔墨恣意。

兴起，添一只轻盈透亮的小鸟。

装裱师傅——

偶然，看到这张不成画的画。

不忍，找一角粗纸将缺损处补好。

文涛——

偶然，翻看陈继儒的笔记《岩栖幽事》。

惊喜，看到耐人寻味的几句。

云巢——

偶然，用朱墨抄经。

随手，将这几句在画面题记：

　　海味不咸，蜜饯不甜。处士不傲，高僧不禅。

所有的"偶然"都在向"必然"慢慢发展。

最终，形成了这张——"必然"。

一辆出租车

一辆红色出租车驶来，文涛招手。

出租车立刻放慢速度往马路边上靠。

一辆绿色出租车猛地越过红色出租车，停到文涛面前，摁响喇叭。

文涛往后走，打开红色出租车门。

这是一辆很旧的车子，却收拾得一尘不染；轻柔的音乐如微风般飘浮着。挡风玻璃处摆放着金黄的小南瓜、明黄的柠檬、艳红的苹果，还有一盆迷你绿色植物。

副驾座的后面绑着一个小筐子，里面是为客人准备的报纸、纸巾。

文涛打量着司机的背影——衣着整洁、高大健硕，粗硬的头发楂儿中点点白色异常触目。

这位司机的妻子一定很爱他，帮他把车子装饰得如此别致、温暖。

黄蘆岸白蘋渡口
綠楊堤紅蓼灘頭雖
無刎頸交卻有忘機
友點秋江白鷺沙鷗
傲殺人間萬戶侯不
識字煙波釣叟是
五百松興早高幷
有此一豪右倒不
亦快哉書此未識當
己卯仲春于蜀戴衙

司机：这位女士，谢谢你！

文涛：谢我？为什么？

司机：你对着我的车招手，后面那辆车超过我，就停到你面前。可是，你还是走过来坐我的车。如果你上了那辆车，我当然说不出什么，心里却不是滋味。更何况，那辆车崭新崭新的……

文涛有点感慨。

司机：现在生意很难做。可是，各行还是要有各行的规矩。

文涛：是的。

司机：所以，谢谢你，女士。

司机一口地道的山东话，语速很慢，非常注意自己的措辞。

文涛：刚上车，我就觉得您的车和别的出租车不一样。不仅特别干净，还装饰得这么漂亮。我想，你一定有位细心的妻子。

司机：我没有老婆。这些都是女儿帮我布置的。

车子停下来。

文涛：谢谢。希望今后还能遇到你的车子。

司机：再见，女士。

文涛站在路边，目送着出租车。

出租车渐渐变成一个小红点，小红点很快消失在滚滚车流中。

羊肉串

云巢文涛去文化市场闲逛。

市场门前有个新疆人摆的摊子。

新鲜的羊肉串，两元一支。

云巢买了几支，吃得怪馋人的。

文涛从不在马路上吃东西。

云巢巧言游说，只好吃了一小块。

擦擦手，去逛书店。

画册字帖均是四折。

云巢：赵孟頫的帖子折后多少钱？

文涛看了一下价格：四支羊肉串。

生日礼物

清晨。

文涛还未睁开眼睛，云巢就在耳边祝福：生日快乐。

文涛：我可不可以再要一份礼物？

云巢犹豫，怕文涛又打什么坏主意。

文涛：别担心，我要的礼物不会超过你的承受能力。

云巢点头。

文涛：你答应了？不能反悔。

云巢郑重点头。

文涛：你给我写一篇"赋"吧。不仅要歌颂我赞美我，还要写出你对我的无比仰慕崇拜。

云巢往床边挪动，想离文涛远一点。

文涛：要恢宏华美，水平和司马相如差不多就可以了。

云巢已经躲到床边了。

文涛：抄录完毕，盖上您的手印、脚印、唇印。

君子一诺千金。

吃过早饭，云巢开始作"赋"。

不一会儿，云巢就献上礼物。

文涛：不必跪了，坐着诵读吧。

云巢：我是根据网上歌颂"十八大"的一首诗改的。

文涛：十八大？规格够高的。

诵读完毕，差强人意。

文涛：手印脚印就算了，盖个唇印吧。

云巢躲不过，半推半就地被涂口红，盖唇印。

云巢：你这样强行盖印章，让我想起杨白劳。

文涛举着索来的"生日礼物"，哈哈大笑。

得意的样子，还真有点像黄世仁。

弄晚风

整理图片库，发现几张合作的老画。

文涛：这几张画在哪儿？

云巢：搁秘了，找不到了。

文涛：我喜欢这几张画。挖地三尺，也要把它们找出来！

于是，文涛指挥云巢"挖地"。

终于，挖到了。

二人背着手，看着磁板上的画作。

文涛：你给我念一下"牧童"上的题跋。

云巢清了一下嗓子。

文涛：不要用四川话，要用普通话。

云巢又清了一下嗓子。

文涛：要用标准的普通话，还要用中央台播音员的嗓音。

云巢白了文涛一眼，认真诵读题跋——

乙卯，玉茗阁有未竟稿二。过己丑……

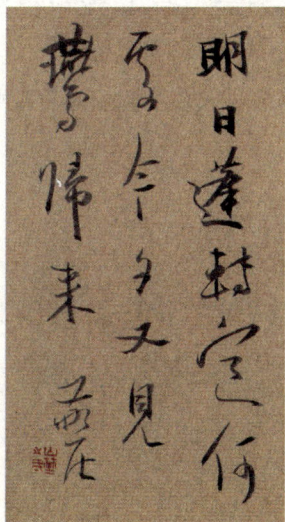

愤怒的小鸟

几年前，文涛画了只小麻雀。

云巢说：这哪里是麻雀？简直是小鹰嘛。

文涛狡辩：我画的是"愤怒的小鸟"。

云巢拒绝合作，小鸟在一方小天地里孤独着、愤怒着。

那日，朋友们摆龙门阵。

文涛说起，曾画过一只愤怒的小鸟。

好友一言堂才思敏捷，只踱三五步便为小鸟作诗一首。

云巢挥毫题跋，孤单的小鸟终于成为一张完整的画。

久有凌云志要飲毒霄之鷹
為甚跋火鵬一片苦惡穿煐屋檐日
撲朦朦水朴四懔
天地小溟濛人奈雛裸　鬻曇尋鬻
楊一先生囑為　益壽　躊屬三

133

补　缺

安装镜子的工人二十岁左右，是个农村男孩。

男孩咳得厉害，满头虚汗。

文涛：你是不是生病了？

男孩：嗯。这几天一直不舒服。

文涛：要不，今天别安了吧。

男孩：没事。两个膨胀螺钉，很快的。

文涛打开一瓶矿泉水，递给他。

男孩低着头接过矿泉水，又放回桌上。

电钻声响起，文涛赶紧躲进卧室。

"对不起，请您来一下。"男孩低着头，欲言又止。

原来，镜子的角上磕破黄豆大的一块。

男孩：明天早上，我带一块新的来。

文涛：不用。一点点，没关系的。

男孩依然低着头：您家里有胶吗？我……

文涛：不用胶，我有办法。

文涛找来一个小小的蝴蝶粘纸，往镜子上一按：好了。

男孩抬起头：真好看。

认字解字

一

钟雁和赵莉约云巢文涛一同探望余伯伯——流沙河先生。

文涛前几日刚在网上看到余伯伯的访谈《我爱汉字，爱得流泪》。

余伯伯说，一说起中国的古文字，我能够掉下眼泪。

果然，刚一落座余伯伯就冲着云巢直乐。

余伯伯：你知道乐姓的由来吗？你知道乐字甲骨文就有了吗？

余伯伯开始"说乐"，大家听得津津有味。

余伯伯：难怪云巢在后山一住就是二十年，名字里就有三坨木头。

大家：林字只有两坨木头嘛。

余伯伯：乐字里面还有一坨木头，你们怎么忘了？孔子的七十二弟子里就有姓乐的，乐子声。

云巢：我只知道乐毅、乐羊子。

余伯伯：乐字里还有两坨丝，有丝有木，是啥子？古琴。

难怪云巢身上有那么多音乐脓包，文涛顿生敬意。

云巢：我们四川话，说一个人很 liao，liao 是哪个字呢？

余伯伯：野猪，獠牙的獠。别的牙都整整齐齐，偏是它獠起。肯定不是褒奖的话，含有贬义。

余伯伯：文涛——文字起波涛。

文涛：文字狱？

二

谈起书法，余伯伯说起幼年在余家院子抬头看到的就是十几个端穆的匾额。

他说，自己做功课用小楷，私下里喜欢练大字。

至今闭上眼睛，几十个大字就在眼前。印象最深的匾额是"耕读传家"。

余伯伯激动地在空中挥舞手臂，四个大字赫然出现在大家面前。

余伯伯：如果写出一幅字，别人情不自禁地鼓掌赞扬。这样的字，往往不够收敛，不经看。写字就像谈恋爱。帅哥美女，哇！太般配了。这样的，一般"管"不了好久；看起来平平常常的，往往"管"一辈子。

三

赵莉附耳对文涛说：余伯伯的皮肤比我们都好，我今天还擦了粉的。

文涛望着八旬老人白里透红的细致皮肤，很想请教护肤秘诀。

估计答案是——天生丽质。

四

余伯伯谈起金三胖、雷达、核武器、犬刑。

余伯伯：看到网络上说的犬刑，我就笑了。人家狗就那么蠢？狗吃人也要挑的。像我这样，又老又瘦，狗才不吃。要吃，就吃云巢这样的。我和他同时扔到狗堆里，他被吃完了，我还好好的。

云巢摸着自己的大肚子，得意地笑。

五

谈起中国、美国、朝鲜的微妙关系。

余伯伯：有一天，美国飞机在固定航道上飞。突然，被撞到了中国。英雄命赔了，有人赚到了。

文涛：这算不算空中碰瓷儿？

余伯伯：还把一个东补西补的洗澡盆丢到海里，就"港"得很。人家美国有十几个。

洗澡盆？

众人一愣，旋尔大笑。

六

怕余伯伯劳累，四个中年娃娃向老娃娃告别。

其实，老人的精神头比几个中年人好得多。

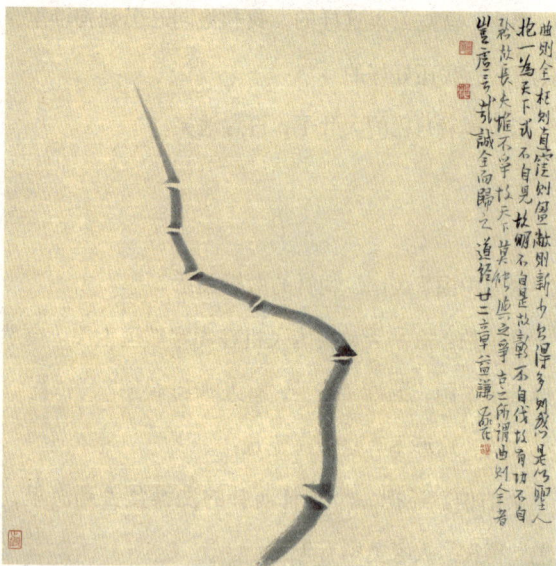

曲則全，枉則直，窪則盈，敝則新，少則得，多則惑。是以聖人抱一為天下式。不自見，故明；不自是，故彰；不自伐，故有功；不自矜，故長。夫唯不爭，故天下莫能與之爭。古之所謂曲則全者，豈虛言哉！誠全而歸之。

道德廿二章　童諺　磊庵

云巢：您保重身体，以后会看到很多好戏。

余伯伯点头又摇头：你还是要有慈悲之心嘛。

众人又笑又叹。

大象之间打架，足下践踏的永远是人民。

七

余伯伯走进书房，出来的时候抱着两本颇有分量的书——《流沙河认字》《白鱼解字》。

文涛：我以后一定好好认字。

云巢没有表决心，只是拼命点头。

洗髓经

文涛称宋元花鸟册为"洗髓经"。

这些经书能洗去在不知不觉时渗入骨子里的浮躁、刻意，渐渐显现出一缕清雅和古意。

总是在若有所悟时兴奋提笔，落到纸上却又面目全非。

洗髓的过程很痛苦，文涛很沮丧。

背痛时做瑜伽，头痛时上网听音乐。

抛掉那些三矾九染、匀净无痕，这样的工笔还是工笔吗？

反复看赵佶的一张画——

粉蓝的鸟儿清丽优雅、卓尔不群。

重剑无锋，大巧不工。

细看画面上的题字：

纤浓洗尽余清嘉

源中洞口均空华

只有莺羽翩翩集

占却一树春风花

赌　球

　　云巢建了一个"世界杯微信群"。

　　群里的朋友既是老友也是球迷。大家天南海北，一起在群里看球。

　　云巢邀请文涛入群，文涛拒绝。

　　文涛每晚准点睡觉，隐约听到云巢在客厅对着手机留言、听留言。

　　云巢说，他们在群里轮流坐庄赌球。

　　昨晚，大家又聚在群里聊天。

　　你一言我一语，热热闹闹。

　　文涛拿出一盘德州扒鸡、一罐啤酒：今晚我要看球，还要赌球。

　　云巢很意外：你是第一次赌球吧？搞得这么隆重。你押哪个队赢？比分多少？押几注？

文涛：谁和谁比赛？一注多少钱？

云巢：法国和尼日利亚。一注二十块，最多押五注。

文涛：法国赢。二比零。我押五注。

云巢赶紧在群里留语音，帮文涛下注。

扒鸡、啤酒很快落肚。

文涛：几点开始踢球？我都吃完喝完了。

云巢：哪有吃得这么快的？马上开始了。

文涛：哪个队是法国队？

云巢：你说呢？

文涛：白皮肤是法国队，黑皮肤是尼日利亚队。

云巢：你为什么看好法国队？

文涛："法国"比"尼日利亚"喊起来顺口些。

法国加油！法国加油！——文涛呐喊了五分钟，酒足饭饱地睡觉去了。

一觉醒来，云巢汇报：你赢得最多，连比分都猜中了。

文涛这个群外人，保持着群里赢球的最高纪录。

诵读与题跋

戏剧界有这样一句话——千斤念白四两唱。

由此可见念白的重要性和念白的难度。

把"念白"引申为"诵读"，把"唱戏"引申为"唱歌"——声情并茂、字正腔圆地诵读很难，有滋有味地唱歌却容易得多。

唱，依乐律发声。"乐律"就是"谱"，有谱就简单多了。

诵读没谱（呵呵），没谱的事情自然艰难。

唱——伴之以乐，"乐"可助唱、补唱。

诵——无依托、无辅佐、无救驾。

那日，听邓丽君演唱的《独上西楼》。歌声甜美缠绵，中间的念诵却无半点意趣，严重拉低整首歌曲的水准。邓丽君尚且如此，其他的歌者可想而知。

云巢说：唱歌和朗诵的难度差异，有点像绘画与题跋用印。画几笔固然不易，题跋用印却集书法、学识、机趣于一体，苛刻而严酷地袒露出画者真实的内在，无可遮掩。

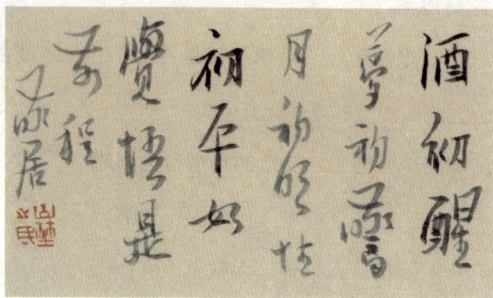

逢 春

云巢画了数张枯枝，颇有虬然之势，嘱文涛配鸟，前几张顺利，最后一张却颇费周折。枯枝似乎拒绝小鸟的栖息，竟然没留落脚地。

于是，文涛画了一只呐喊的山雀，山雀精神抖擞，翩翩欲落，色彩艳丽得像一只小凤凰。

画完题跋，一时却没有合适的诗句，又向一言堂求援。三五分钟，题句复来：

> 霓羽初莺曲，
>
> 枯枝老树根。
>
> 何修千载缘，
>
> 得此片时栖。

一言堂自称打油郎，实为玉茗阁御用诗人。一言堂七步成诗，竟暗合了文涛绘画时的心情。

一言堂说，你们有润笔，我也要收润脑。

文涛答应送一言堂两桶清油润脑。

一言堂颇感幽怨：我就这样被你们包养了……

文涛：可否只包不养？

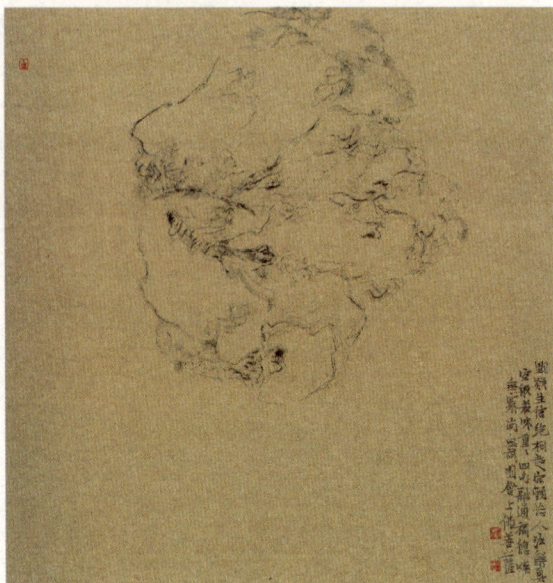

牵牛花

千利休的庭院里种满了牵牛花，千万朵牵牛花镶嵌在绿瀑布似的藤蔓上，锦绣般灿烂。丰臣秀吉得知此事，指示千利休准备一次茶会，他要尽情地欣赏满园的牵牛花。茶会那日，丰臣秀吉兴致勃勃地来到千利休的庭院，却惊讶地发现所有的牵牛花都被千利休剪掉了，只剩下绿瀑布似的藤蔓。丰臣秀吉大怒，冲进茶室问罪。一进茶室，他惊呆了！花瓶里插着一朵洁白的牵牛花，圣洁无比，生机无限。

如果说满园的牵牛花是视觉冲击，那一朵牵牛花便是心灵震撼。

老子曰：为学日益，为道日损。损之又损，以至于无为。无为而无不为。

减、简、约为"损"。

减之又减、简而再简、约而再约，为而非为、不为而为。

　　终有一日，华去而朴存。

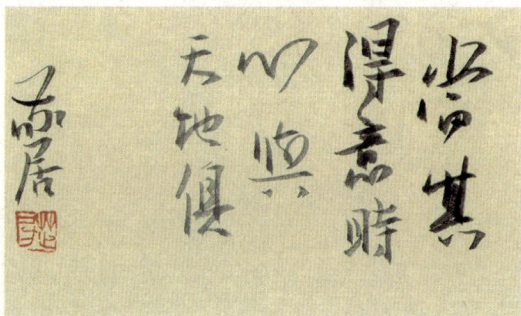

书中自有

文涛翻看《三国演义》，惊喜地叫道：有发现！

云巢扑上来抢：肯定是存折！

文涛把书紧紧抱在怀里：是国库券。

二人厮打起来。

终于，云巢占了上风。

书页里夹着的是一张书签——云巢画的竹石。

文涛：为了一张书签，我们比三国抢天下还激烈呢。

第三种语言

刘兄年过花甲，江湖气极盛。

朋友们说，刘兄早生百年会是一方枭。

刘兄与妻子相敬如宾，在朋友圈里口碑极好。

谈起夫妻相处之道，刘兄的言论常令人耳目一新。

刘兄云：夫妻俩一个爱唱歌、一个爱钓鱼，谁迁就谁好些？也许，对方的爱好正是你的痛苦和无奈。这时，两个人应该一起培养"第三种语言"，比如：跳舞。自己的爱好依然保留。真正的共同语言是"第三种语言"。

刘兄的老伴儿患眼疾。

手术前，老伴儿忧心忡忡。

刘兄劝道：如果手术成功了，你就是我眼睛明亮的老婆；如果手术失败了，你就是我的瞎婆。我只有一个要求，你不能抱错老头儿。

扇　缘

云巢文涛与表婶、表姐到三道堰吃鱼。

虽已傍晚，暑热未消。

云巢送表婶一把自己写的折扇。

表婶坐在店门外摇扇等位，云巢文涛到周边转转。

返回鱼庄，远远地看到表婶表姐和一个男人在摆龙门阵。

那人抬头看到云巢，哈哈大笑。

两个男人亲热地搂搂抱抱、拍拍打打。

云巢：千石！好久没见，居然在这里遇到你了。

千石：老人家手里拿着扇子。我一看，这是云巢的字嘛！就知道，一定是你的老辈子。我告诉老人家，扇子上的章还是我刻的呢。

大家传看那把扇子。

扇子，结的自然是——

善缘。

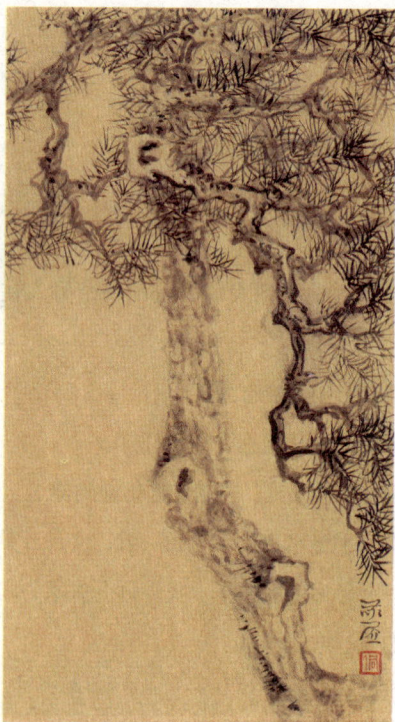

万物静观皆自得

牛爸牛妈喜得千金，芳名念念。

念念与哥哥牛牛宛若一对金童玉女，牛爸和牛妈也升级为全福之人。

牛牛喜欢趴在床沿上，笑眯眯地拉着妹妹的小手。

那种情景，让观者的心都化掉了。

牛爸一直想收藏云巢文涛合作的画，于是提出要画"一家四口"。

看似简单的命题，其实真有点难度。

文涛想了很久，决定画鹌鹑。

鹌鹑寓意"平安"，四只鹌鹑寓意"四时平安"。

开始起稿，总是没感觉。

文涛从网上买了四只大大小小的铜鹌鹑，摆放在书架上每天看着。

第一稿终于出来了。

云巢：牛妈性情温柔贤惠，画得不错；牛爸应该画得再雄奇一些；你把念念画得好乖啊。

文涛：念念超萌吧？我故意把牛牛画得严肃些，他现在是哥哥了嘛。

第二稿，云巢总算满意了。

这张画是跨年画的。

在春节的礼花鞭炮声中，一家四口安闲地落户于长长的仿古绢上。

云巢：这样的画要讲究一下风水。有山有水，有草有坡……

文涛：岩壁让环境很安全，这是一个视野辽阔，又能遮风避雨的港湾。

此画的情景正应了那首诗——

万物静观皆自得，

四时佳兴与人同。

道通天地有形外，

思入风云变幻中。

　　有人说，僧人在绘制唐卡的时候，心里要虔诚地念诵经文。

　　云巢文涛画这张画的时候，心里一直在真诚地祝福。

木钟金音

一

木钟的专业是油画，对敦煌却情有独钟。

近些年，木钟一直在研究、修习敦煌壁画。

那日，木钟与晓刚来爻爻斋清谈。

文涛正翻看敦煌画册，木钟那双总有几分惺忪的眼睛立刻亮了起来。

木钟：你看这些天王塑像，盔甲上的图案繁复艳丽。由此可以想象，古时候，那些将军打扮得多么妖冶。

文涛：豹眼环目、狮鼻虬髯，却打扮得如此花哨；给人的感觉并不别扭，还挺好看。

木钟：他们的头上还会插一朵花。你能想象吗？如果是现在，这样的男人走在街上，精神多半不正常。

文涛：那时两军对垒一定很好看——旌旗招展，盔甲鲜明。

木钟："满城黄金甲"不符合史实，应该是"满城霓裳飞"。

史书中记载，魏征长相举止皆粗鲁，唐太宗还是觉得他妩媚可爱。

难怪戏剧表演中有"旦起净落"这个说法。演绎张飞、樊哙这样的人物，粗犷中要含着旦角的妩媚。

二

晓刚收藏了木钟的作品《妙音天女》。

这张天女图和敦煌端庄肃穆的形象有些不同。

天女正在吹笛，好像吹到了某个高音，情不自禁地耸起肩膀，眉目神情颇有趣致。

晓刚：我也喜欢文涛姐收藏的那张画，画中人的眉梢眼角让我怦然心动。

木钟：初唐佛像的线条明显有了节奏的变化，线条的活力同时也带来了形象的活力。我有意画得更"人性"，一个世间佛，这张画显得更亲切些。

文涛：《胖美人》被龚庆抢走了，我就收藏了那张《白发魔女》。

木钟：仔细研究这些画很有意思，胖美人的双下巴是从魏晋慢慢长出来的。

云巢：多好的画，竟被文涛取了这样的名字，真是……

晓刚：我知道是文涛收藏了，就没好意思开口，君子不夺人所爱。

文涛：龚庆说，君子就是要夺人所爱！他在我家蹭了一顿饭，乐呵呵地把胖美人抱走了。

大家哈哈笑，看来以后"君子"这个词要重新定义了。

旁 观

小镇嘈杂得很。

略略置身其外，倒也有些可看的人和事。

一家临街的小小铺子装饰得年轻时尚，四五个女孩正在吹气球。

这是一家准备开业的美容店，专营修眉、化妆、盘发。

女孩们认真笨拙地忙碌着，真心祝福她们的小店能红红火火。

卖面条、饺子皮的女店主白净秀气。大约二十出头，文静寡言。

看起来比她还年轻的小丈夫怀抱婴儿坐在她的后面。

女店主转身抱过孩子，她并不像大多妈妈那样跟孩子絮絮叨叨不停地说话，只是看着孩子微微地笑。

一位卖梅花的老伯引起了文涛的注意。

老伯矮小黑瘦，双臂僵直地支楞在体侧。袖子很长，遮过双手。

老伯：你闻嘛，好香哦。

文涛看看自己拎满袋子的手。

离家还有一截路，买了梅花，怎么拿呀。

选了最小的一把，也就三两枝。

老伯：五元钱，你放我包包里吧。我的两只手都不能动。

老伯往文涛面前走了几步。

文涛把五元钱放进老伯围裙的口袋里，口袋里有零散的几十元钱。

老伯：加点水，加点盐，最少能开半个月。

文涛提着几大包东西，举着一小把梅花，有些狼狈地在拥挤的菜市场穿行。

忽然想起地震前的蜀盘谷。

谷中有不少梅树，云巢每年都要砍下一些花枝送给朋友。

　　那时，想要一片梅林也是完全能够办到的。

　　云巢还答应文涛，为她养一只小鹿。

　　拥有的太多，是不是就不会那么珍惜了？

　　因为"少"，才珍贵？

　　还是，珍贵的东西，原本就"少"？

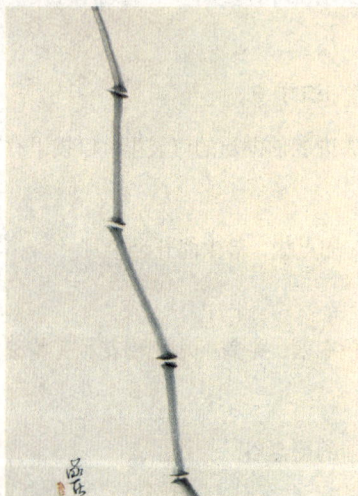

不一样的游玩

看了朋友发的白岩寺银杏林图片，云巢文涛忽然想起很久没出门游玩了。试想——

初冬、暖阳、金黄的银杏树、空旷的古寺、艳红的衣裳……拍照累了，在银杏林里喝一杯茶，一把把小扇子翩跹飘落……

太诱人了！

心动不如行动，文涛穿上红色大衣、半高跟皮鞋，二人兴致勃勃地出门了。

停车场早已满员，山路边停满了车子。

不是节假日，游客怎么这么多？

云巢文涛直到走累了，还未看到寺庙的影子。

询问路人，路人遥指：四十分钟才能到山腰的小寺庙，爬到山顶的大寺庙要一个半小时。

云巢文涛傻眼了。

文涛：还以为车子能开到庙子门前呢，可怜俺穿着高跟鞋。早知道就换户外装束了……

云巢：何去何从？

文涛：不见寺庙也就罢了，怎么连一棵银杏树都没有？

云巢：好像快下雨了。山里的雨下起来，一时半会儿停不了。

文涛：千山万水地来了，这样就打道回府？

云巢：嗯，爬山！

开始爬山。

穿着大衣、高跟鞋的文涛，在泥泞陡峭的山路上狼狈不堪。

文涛：这身装扮太丢人，今天竟做了自己一贯瞧不上的那种人。

云巢：仔细脚下，别滑倒。

文涛：俺都快四爪着地了。

云巢：下雨了，我们还要不要……

文涛：出师未捷，怎么也不能死在山脚下，好歹要死在半山腰嘛。接着爬!

终于看到了一棵金灿灿的银杏树，还有一座小小的寺庙。

雨越下越密。

云巢：抓紧时间拍两张照片，雨再大些就惨了。

文涛赶紧整理一下衣服，云巢的手指在相机快门上飞快地按了几下。

冒雨下山。

坡陡路滑，高跟鞋雪上加霜。

文涛踩高跷一样迈着小碎步，两只手像鸭子翅膀一样撑起，扭啊扭地往山下走。

文涛：这么陡的山路，滚着下去会轻松很多。

云巢：快到了，再坚持一下。

终于到了平缓些的地方，文涛买了一袋糖炒栗子，边走边吃。

　　这袋栗子太奇葩，竟有七八成是坏的！

　　文涛边剥边抛：哇！终于发现一颗好的，特别香。

　　文涛翘着又黑又黏的兰花指，把半颗香糯的栗子塞到云巢嘴里。

　　云巢：下着雨，跑这么远的路，爬这么久的山，却什么也没看到。不仅不失望，还说说笑笑的。买了一袋栗子，还都是坏的。好容易发现一颗好的，就高兴成这样。这心态……

　　文涛：今天与想象的不一样。可是，我真的挺开心的。多有意思呀！

赖哥毛姐

　　落户府河边之后，云巢的三位好友陆续买下旁边的房子。

　　整个楼顶变成了四家人的天下，全部打通，随意出入。

　　四家人开玩笑说：等老了，下不了楼，就在每家转着耍。

　　第一站，云巢家——国画教室。

　　第二站，侯荣家——油画展厅。

　　第三站，小妹家——精心打理的花园。

　　第四站，赖哥家——图书室加美食馆。

　　云巢和侯荣自诩做得一手好菜。可是，和赖哥的夫人毛姐一比，"服务态度"和"奉献精神"就差得多了。

　　赖武和毛姐平时住在城里，周末有时会来度假。只要接到毛姐的电话，其余三家的厨房立刻关门。大家从楼顶花园穿越到隔壁单元，空降到赖家会餐。

赖家的小天井有个铜雕，一个男人长袍长须，双手伸向天空。

文涛：你们看，连这个雕塑都在说——欢迎光临。

赖哥：欢迎光临？那是屈原在问天！

天呢！这笑话闹得……

毛姐下班后去菜市场采买肉菜一手操办，一帮闲人嗑着瓜子等候开饭。

毛姐在厨房忙碌，赖哥负责摆桌椅、碗筷。大家聊得太开心，他常常忘记自己的任务。

毛姐看着空荡荡的饭桌，笑眯眯：赖武，你怎么不作为呢？

赖哥笑呵呵地跑过去，开始摆桌椅、碗筷，像幼儿园值日生一样认真。

吃完大餐，毛姐还会准备水饺、包子、米汤、果汁、自制牛肉干、自制牛轧糖、自制点心……

女人们自叹弗如、望尘莫及。

男人们慨叹，难怪赖哥那么年轻，总不见老。

赖哥是位摄影家。他记录拍摄一个民间川剧团二十多年，留下了很多珍贵的资料。

　　云巢说，赖哥不是通常的艺术家，他是真正的读书人。

　　赖哥极爱书，很少外借。对云巢却是例外。

　　他说，我的书你随便在上面写，随便在上面画。

　　云巢借阅虞世南本《兰亭序》，一时手痒，在书的封套上临写兰亭，赖哥连呼：安逸！

　　赖哥读书，常有批注。云巢说，随手之作，写得很好。

　　毛姐晚上偶尔看连续剧，赖哥颇有微词：这些东西有啥好看的？

　　毛姐想起有事要做，就离开了。转来一看，赖哥已津津有味地看了两集。

　　赖哥说，我不喜欢谍战片，也不喜欢看钩心斗角的剧。要打，就真枪实弹、光明正大、痛痛快快地打。

　　赖哥思想深刻，像个老夫子，与他聊天总有收获。

赖哥思想单纯，像个小娃娃，与他在一起，情绪总会被他传染——

　　因为一句话、一本书而欣喜。

　　因为一张照片、一个故事而唏嘘。

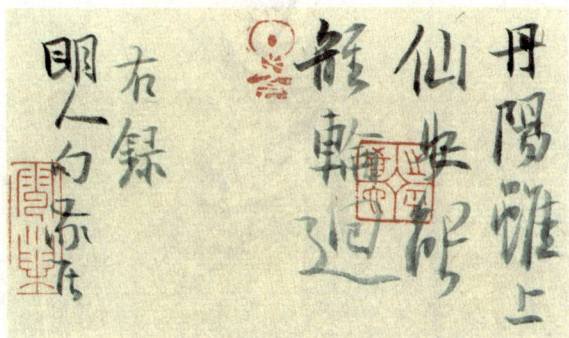

青城山人

一

云巢幼年时曾在二王庙与陈新全道长一起生活过。

每每回忆起，云巢总是很感慨：那时，二王庙的门票才几分钱。

文涛失笑：这么独特的经历，你只记得门票多少钱？那些道长的生活就一点都不记得了？

云巢：那时年纪太小，就是和道长们一起过日子，没觉得有什么特别的。我每天都要扫台阶、收捡茶具，做久了总是惦记着耍，还是单独一人卖门票好耍些。

文涛：后来为什么离开二王庙？因为要上学？

云巢：那时还没到上学的年龄。我经常偷偷跑到索桥上耍，吊桥上的木头很多都朽烂了。陈当家吓坏了，怕出事，就把我遣返回去了。

文涛：在青城山的时候，谁照顾你？

云巢：上清宫的萧真人、天师洞的曹真人都带过我。萧真人做的素席是青城山一绝！那时我识字不多，经常看到曹师傅在念经。后来我才知道，她曾念过《地藏菩萨本愿经》。

文涛：……

云巢：大学毕业后，傅元天道长曾劝我出家。

文涛：就算出家，你也不要做道士，要做和尚。

云巢：为什么？

文涛：你的样子剃光头好看些；挽个小鬏鬏嘛，简直不堪想象。

云巢：还以为你有什么高见呢！都要出家了，还惦记着头发？

二

抗战时期，张大千住在青城山、昭觉寺。

易心莹道长把张大千遗留的颜料和他用过的砚台，一起送给了云巢。

云巢那些年一直画水墨，没机会用这些颜色。

文涛抱怨现在的国画颜料不好用，云巢便拿出这盒珍贵的老颜料。

老颜料粉笔粗细、长长短短、色泽饱满沉着。

文涛：用在我的画上，会不会糟蹋了这些颜色？

云巢：张大千能用，我们为什么不能用？

文涛画《听琴图》《斗茶图》的时候，用的就是这些老颜料。

三

云巢带文涛到青城前山探望92岁高龄的女道长——萧真人。

文涛被萧真人的笑容迷住了。

那笑容，婴儿般纯真。

听云巢讲，萧真人年轻时很好看，潜心修行多年，为青城山做出了很多贡献。

文涛一边听萧真人和云巢叙家常，一边打量萧真人简陋的房间。

从青春貌美到鹤发童颜，萧真人在这里度过了70年。

告别萧真人时，云巢一遍又一遍地说："您要保重身体，我会再来看您。"

　　萧真人笑着说："祝你家人好。祝所有的人好。千秋万代，都好。"

　　云巢和文涛用力地点头。

　　不知为什么，两个人的眼睛湿润了。

铁匠铺

古镇有家铁匠铺。

文涛对这个黝黑的铺子一见钟情。

铺子的后门通向一个小小的院落。

里面晾晒着女人和娃娃的衣服，花草茂盛、小树苗壮。

云巢问铁匠：我们可以拍几张照片吗？不会妨碍您干活的。

铁匠拘谨地笑，连连点头。

文涛坐在长凳上刚要拍照，铁匠递过两样打铁的工具比画了几下。

原来，他是给拍照的客人拿道具来了。

云巢说：镰刀打得很好，买一把秋天砍荒用。

其实，买与不买都可，只是微微照顾一下铁匠的生意。

文涛太喜欢这家铁匠铺，舍不得离开。

她请云巢用四川话问铁匠——

您收徒弟吗？她想留下，跟您学打铁。

铁匠笑而不答。

云巢上下打量着文涛：看来人家不收你这样的徒弟。

文涛说：你再去问问，他有老婆了吗？

云巢险些晕倒：胡说！

怕影响铁匠干活，他们和这位淳朴寡言的铁匠告别。

青城後山泛水岷源
瀑瀑布自山顶而下有大窪為潭後由折陸數層
相叠之源瀑布名之余曾游潭倘居廿年不肯浮慕身
尚行百里間泂灵亦鼎之赠也行行之尼彼百食何堂应
最居記

孔　府

　　孔府西与孔庙为邻，占地240多亩，是世袭"衍圣公"的嫡裔子孙居住的地方。

　　云巢和文涛对这座庞大得仅次于明清宫殿的古建筑群并没有太多的兴趣。广厦千万间，庇佑着孔子的世代嫡裔。至今，依然如此。

　　小小的字画摊在孔府随处可见。艺术家们热情地招呼着游人："我是孔子第七十×代传人。这些都是我的作品，获过很多奖，有证书的。请随便看看……"

　　文涛最近正在画高士。因此，对山水中的高士极有兴趣。

　　经过一番观摩学习，文涛疑惑地问云巢："这些山水中的人儿，就是所谓的高士？"

　　云巢笑而不答。

　　文涛：也许，他们画的是地方高士？

纪念品摊位上摆着和孔子有关的纪念品——巴掌大的袖珍《论语》，印着孔子语录和画像的扇子，系着红绳的孔子肖像项坠等。

一个身材丰满的美女买了项坠，虔诚地挂在脖子上——

孔夫子在波涛中不安地起伏、荡漾。

文涛发现一个烟灰缸，急忙喊云巢来看。

烟灰缸的底部正是"集大成"的文宣王孔圣人！

"难道把烟头摁灭在孔夫子的脸上？"文涛痛心疾首。

烟灰缸方方正正。

这倒符合夫子他老人家的名言：割不正不食，席不正不坐。

既然是方正之地，坐坐又何妨？

文涛效仿圣人，在孔府中找寻方正之地——微笑着留影。

万佛洞

济南千佛山万佛洞——深五百米，佛祖、菩萨、弟子、天王塑像近三万尊。

洞里昏暗森然。

云巢屏息拍照，文涛凝神瞻仰。

文涛看到一组有趣的塑像——菩萨拈花微笑，旁边的两位弟子却在窃窃私语。

文涛蹑手蹑脚走过去，侧耳倾听。

云巢：她们在说什么？

文涛：她们说——早过了下班时间，领导怎么还不发话？今天又加班呀！

忽然，眼前一亮！

一尊坐佛出现面前。

"欢迎来到万佛洞参观。这尊隋朝塑造的佛像，是开过光的，很灵验。你可以坐在佛的腿上，在佛的怀抱里拍照，每次十元。这样做，你会把福气带回家。"

一个小小的纪念品摊子摆在佛的脚下，小摊主热情地招呼着。

文涛一看，佛的大腿上果然铺着一个供游人坐的棉垫。

不知道承包下"佛的怀抱"，一年要交多少钱?

终于走到了万佛洞的尽头。

万佛洞最大的一尊佛像祥云环绕、金碧辉煌。

"俗话说：人争一口气，佛争一炉香。请一炷香吧，又不贵。万佛洞很灵验的。"纪念品摊主大声招揽着生意。

人活一世，努力打拼，也许，真是为了争一口气。已经成佛了，又怎会争那一炉香呢?

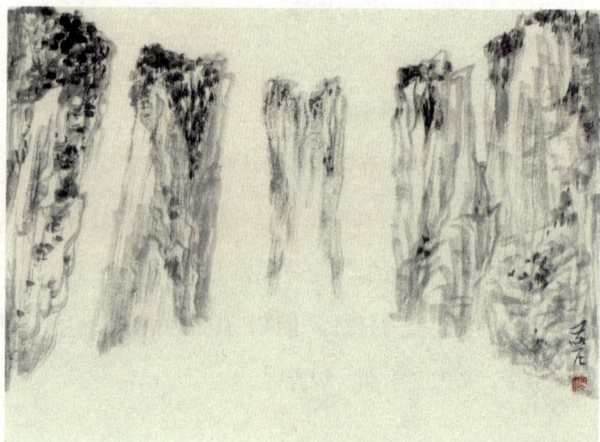

曲线救国

雅安宾馆大堂。

云巢办理入住手续，文涛在电脑上查看雅安旅游。

雅雨、雅鱼、雅女，文涛点入"雅女"页面——

雅女像绵长的青衣江水，代不绝人。青衣古羌国"曲线救国"，用美丽扑灭战火的琰姐、琬妹，明代文武双全驰骋疆场的桃花夫人，"原始社会的最后一朵玫瑰"的和亲使者肖淑明和现代许多雅女以其"美人、美事、美德，美名"传遍天下。

曲线救国？

文涛哈哈大笑。

几位大堂雅女吃惊地看着不雅的文涛。

一路上，文涛东张西望：这位雅女的曲线不错哦，不知能否救国？那位雅女嘛……

青衣江，多美的名字。

说起青衣，总使人想起苦情戏。

曲线救国的美人也好，曲线一般的女子也罢，总会由花旦变成青衣。

那些离奇传说和平凡故事中，一定充满丰沛的眼泪。

因此，雅无三日晴，终年飘雨。

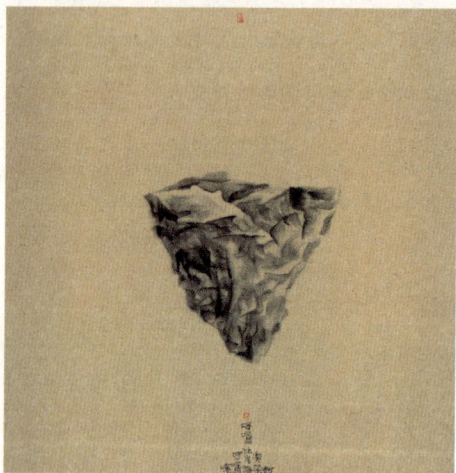

石经寺

石经寺沉静肃穆。

忽然，文涛听到某种单纯悦耳的声音。

原来，石经寺正修禅院，这是石匠凿石的声音。

滤去红尘，纯净空气里的凿石声都是遗世之音。

一只猫儿沿阶而下。

云巢文涛用人言、猫语殷切呼之，猫儿充耳不闻——

施施然而去，千唤不一回。

住在庙子里的猫儿也与众不同。

从容淡定，无惊无惧。

一位中年妇女正和师父交谈：我见过观音菩萨！就像和你这样面对面地见过。我心里很骄傲，但是我没有对别人说过。从此以后，我诚心向佛。

师父：不对别人讲，是对的。

是的，她没对"别人"讲，只是云巢文涛自己不小心听到的。

云巢：诸佛菩萨若在世间度化世人，不应以本相示人。

文涛：我就见过佛，斗战胜佛。他有一根如意金箍棒。

云巢：净口！面壁去。

文涛忍笑闭嘴，溜到墙边。

思过。

晚succeeds清平郊野b
與天齊雲就游
候遠山倩光朝
橋臨塵里遍
雲峰經顧兮
遺萬廬之稻州
低松屏披晚采多有
道書堆阿里
重有啼陳把方
袖地許得之偶始
摩詰廬乙卯辰元

195

普照寺

沿阶而上，普照寺在一片阳光普照中。

文涛要给云巢拍照，被拒绝。

文涛：你也不愿以本相示人？

云巢：净口！还想面壁？

文涛：我保证！今天不会再胡说八道了。

文涛收敛笑容，蹑手蹑脚地走进寺庙。

外来香烛严禁入寺———一块警示牌映入眼帘。

既然饭店能拒绝外来酒水，寺庙当然可以拒绝外来香烛。

不知道外来的尼姑可不可以在此念经？

文昌阁、龙王庙、莹华祖师、燃灯佛、派出所同在一个院坝。

仙界很和谐，各寻所需、广结财缘。

隔一段路就有一个算命的上前搭话。

文涛：我身边就有一个半仙儿，会花那冤枉钱？你到前面坐着，假装算命的。我走过来，你就上前搭讪。

云巢快步走到路边坐下，叠手垂眸。

云巢：这位女士，看看相嘛。

文涛站住，笑而不答。

云巢：女士是从东方来的吧？山那边，太阳升起的地方。

文涛：先生算得真准，我是山东人。

云巢：女士面相生得好，有帮夫运。

文涛凑到云巢身边坐下：先生除了相面还擅长别的吗？

云巢：女士还想测字？

文涛：不测字。先生会不会……摸骨？

云巢绝倒。

青白江——西街

如果完整地保留到现在，青白江城厢镇本身就是一座博物馆。

据考证，城厢镇形成应上溯至两汉，是一座千年古镇。

如今的城厢终于和成千上万发展中的、半土半洋的乡镇一个模样了。

据说，城厢正计划恢复"千年古镇"。

花钱灭了真品，再花钱整赝品？

西街，是一条生活状态下的"老街"。

三清殿后面有一间偏殿，木匠师傅正用生漆涂窗框。

这里供奉的是三位荷衣蕙带的女士。

中间那位，好生面善。

文涛：这不是观音菩萨吗？她怎么会在道观里？

木匠：在道观里，她叫慈航真人，和观音是一个人。

文涛：她在道观里做顾问？是第二职业吗？那么，另外两位是谁啊？

木匠：我也不晓得。这里供着的，都是真人。

文涛：呵，反正都是真人。

木匠：嘿，反正不是假人。

新都——桂湖

以前读过《桂湖曲·送胡孝思》，当时只知道这首诗是明朝一位状元郎所作。

踏进升庵桂湖这座萦绕着荷香、桂香、梅香的园子，立刻跌入了温柔乡。

文涛对杨升庵的妻子黄峨很感兴趣。

文涛：黄峨是"尚书女儿知府妹，宰相媳妇状元妻"，不知她的相貌如何？

云巢：应该不会太好看。

文涛：为什么？

云巢：一者，她是才女；二者，她是贤妻；再有美貌的话，岂不都占全了？会折寿的。黄峨七十一岁去世，算长寿了。所以，应该不会很好看。

文涛：有道理。反正我不是一者、二者，我更愿意做第三者。

云巢：啊？

文涛：口误口误。我是说，我不是才女，也不是贤妻，只好做第三者——大美女了。

云巢：哼。

文涛：有人赞黄峨才情不让清照、淑真，有人赞她"闺门肃穆、用修亦敬惮"，是"女洙泗、闺邹鲁"。

云巢：呵呵。

文涛：据说，黄峨是个大美人呢。还是玉叩说得好，才女们会在传说中慢慢变美。

不难想象桂湖夏日"湖水生清风""湖水映明月"的情致。

杨升庵和黄峨的幸福生活只有五年，从此颠沛流离、一生坎坷。

冬日的荷塘，触目凄凉。

想起刘秉忠的《【南吕】干荷叶》——

干荷叶，色苍苍，老柄风摇荡。减了清香，越添黄。

都因昨夜一场霜，寂寞在秋江上。

干荷叶，色无多，不奈风霜锉。贴秋波，倒枝柯。

宫娃齐唱采莲歌，梦里繁华过。

眉　山

眉山市中心、三苏雕像前，云巢文涛见到了散怀生夫妇。

承散怀生夫妇盛情，大家一起参观三苏祠和新建的三苏博物馆。

博物馆仓促落成，陈列物都是复制品。

三苏祠空空荡荡，无甚可观之处。

散怀生：两宋三百年间，眉山有进士八百多人。唐宋八大家，眉山苏氏就占三个。那些朝代，把眉山的"大家"都出完了。

文涛：那些朝代，几乎把中国的"大家"都出完了。

看来，天上的星星们喜欢扎堆儿下凡。

"天花"早已灭绝了，现在只能出点"水痘"。

鬼 片

白天的万年寺人山人海。

晚上，游人止步后异常清静。

夜半。

雷雨。

窗外郁林闪电，画面诡丽。

文涛穿着宽大的睡衣，披着湿漉漉的头发；忽然想到寺院里转转，顺便拍几张鬼片。

雨停了，闪电不时地撕裂夜空。

灯火错落的庙宇神秘肃穆。

云巢说：在寻常的度假村或酒店，是不可能感受到这番气象的。

文涛穿着软底鞋，在空旷的寺庙里"飘来飘去"。

文涛：如果有和尚半夜出来溜达，看到我会不会害怕？

　　云巢：如果那和尚立刻伸直胳膊跳着走，你会不会害怕？

　　文涛赶紧飘到云巢身边，抓住他的手臂：我只是想考验一下和尚的修行，他们不会这样吓我吧？

　　文涛：我们一起拍了那么多次照片，这次最开心。

　　云巢：为什么？

　　文涛：因为拍的是鬼片嘛。

　　原来，装神弄鬼这么好玩儿。

　　难怪世人乐此不疲。

破　戒

一

万年寺的师父们六点吃早饭，居士和客人六点半吃早饭。

云巢文涛喜欢睡懒觉，没听到敲云板的声音。

云巢喝咖啡，文涛胡乱抓些果仁扔嘴里。

到了峨眉山，生活习性和猴子立刻接近了。

第二天，二人到柳竞兄那里蹭饭吃。

柳竞兄住的山庄伙食开得太好了。

文涛开始诉苦：我们住在寺里只有青菜，没有肉吃……

大家同情地问：你们吃斋好久了？

文涛屈指一算：我们总共吃了……一顿。

大家很善良，依然深表同情：你们想吃肉了，就过来嘛。

平时不吃肉也没什么。一旦被"不许，不能"，喉咙里都伸出爪爪来了。

二

文涛提议，吃一顿资格的居士饭。

二人在窗口排队买饭票。

有居士证吗？

没有。

有居士证五元一位。

没有呢？

没有的话十五元一位。

和居士们凑成一桌——四五样青菜，米饭随意吃。

文涛有些遗憾：还以为能和师父们一样呢。一碗米饭、一勺汤菜，蹲在地上吃。

傍晚，云巢在一个偏僻的农家乐定好鱼肉。

回锅肉香气浓郁，二人吃得满嘴流油。

文涛：你太爱吃肉了，不能当和尚。

云巢：不能吃肉，还是恼火。

文涛：到这把年纪，色可以戒，肉却戒不得。

留侯祠

驱车过秦岭，莽莽万重山。

　　云横秦岭家何在？雪拥蓝关马不前。

越过秦岭，从此再无崎岖，只有坦途。

张良庙，又叫留侯祠。位于陕西省留坝县紫柏山东南。为汉中最大的道教庙宇，第三洞天。相传西汉张良晚年隐居于此。

山色空蒙，翠湿人衣。

留侯祠里只有云巢文涛两个游人，清静得奢侈。

留侯祠里有很多的匾额。

文涛东游西逛，忽听云巢说：万事如一，这块匾写得好啊。

文涛惊艳。

抬头看，匾额写的是"万事如意"。

原来，云巢把声调念错了。

如能"万事如一"，也就"万事如意"了吧？

二人坐在亭子里避雨。

文涛突然把云巢的一只鞋子脱下来，扔得远远的。

云巢：你要学"张良拾履"？

文涛：快把书给我！不然，你就光着脚吧。

云巢：没有书。

文涛：没有书，有钱也行。咦？怎么一下子就变成
打劫了？

云巢：钱也没有。

文涛：那你有什么？快快拿来。

云巢：只有一身五花肉。

二人大笑。

文涛蹲下身，恭恭敬敬地给云巢穿上鞋子。

据说，张良常在山洞里与赤松子下棋。

雨大了，云巢文涛在洞里避雨。

文涛和张良的塑像聊天：你和松子儿下棋，输赢如何？

云巢：张良的一生，做过棋手，也做过棋子。

文涛：是极。

文涛捡到一片瓦当，纹饰精美。

赏玩一番之后，文涛把瓦当藏到山洞的角落里。

文涛：我也读过《素书》，懂得"见利而不苟得"。

离开留侯祠时，文涛忍不住背书——

  同声相应，同气相感，同类相依，同义相亲，

  同难相济，同道相成，同艺相规，同巧相胜。

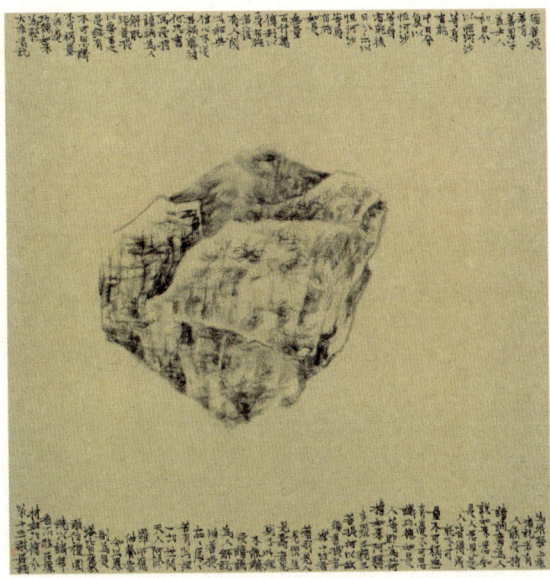

海　边

回青岛探亲。

十一月的海边。

晴朗，大风。

暖洋洋的日子，最适合到海边玩儿。

出租自行车的老板皮肤黝黑，热情粗豪，他正欲脱掉背心冬泳。

文涛：租自行车的游客里，我们是年纪最大的吧？

老板：还有七十多岁的老夫妻呢！你们算年轻的。

云巢文涛：等我们七十岁了，也会像今天这样游玩。

初冬的八大关清爽幽静。

海面湛蓝平静，波光粼粼。

文涛：这些石头和水流很像大型的沙盘。

云巢：这是迷你地貌，可以用来讲解风水。你看，那堆石头形成太师椅，连扶手都清晰可辨，风水极佳。

云巢用沙子碎石略做布置，"河流"改变了方向。

文涛：这是都江堰的宝瓶口。莫非，阁下就是李冰李大人？

云巢捡起绿色的玻璃碎片：这是祖母绿。

文涛捡起白底蓝花瓷片：这是元青花。

雪　林

围棋九段宋雪林是云巢的好友。

谈起二人相识的经过，雪林笑得诡异，云巢笑得尴尬。

三十年前，雪林、云巢在火车上邂逅。云巢看见有位寡言的青年携带着围棋，顿时心痒口狂。很快，云巢被杀得丢盔卸甲、狼狈不堪，这才想起请教对方大名。

宋雪林。

讲起云巢的这段糗事，文涛总是忍俊不禁。

如今的云巢淡泊敦厚，很难想象他也曾有"人不轻狂枉少年"的时光。

蜀盘谷的河边有十几张大理石桌，云巢曾抚摸着石桌，感慨地说："这些石桌是雪林送的，一片片地从楼上抱下来送给我……"静谧的蜀盘谷、沁凉的渭水边，常有国手对弈。那段不为人知的辉煌已随地震消失，朋友间的情谊却愈加深厚。

雪林的女儿在网上与人对弈。

对方第一手就占了天元。

雪林脸色一变：这一手是对白方的蔑视，甚至是羞辱。你让开，我来下。

雪林一把拉起女儿，自己坐在了椅子上。

可想而知，网络对面的那位落得怎样的下场。这一局是他终生的噩梦。

雪林：这么多年你的棋艺很稳定嘛，从来就没进步过。

云巢：还是有进步！我已经过了你的九子关了。我们再下一盘。

雪林：唉，你又折磨我。

云巢的《蜀盘谷札记》，曾记录了一则与雪林之间的趣事：

己丑冬月，宋雪林客敬居。余与言：与君数十年交，我皆受九子，今日我授宋九段九子如何？宋欣然允。问：如此我能活棋否？答：专意活棋可，属意赢棋否。局终，几无活棋，诘之：余专意活棋，却不能遂，君何诳我？答：专意四角活棋或可，汝贪欲多活，自不可。

220

花园对话

朴聋客居爻爻斋。

云巢与他谈书论画至更深。

翌日，云巢仍在呼呼大睡。朴聋却早早起来，和文涛在花园聊天。

朴聋：这花园和我老家五通桥的花园格局很像。只是，要把花都换成菜。

文涛：我不会种菜，只好种花。

一通乱剪，文涛得意地端详着。

文涛：看，整齐多了。

朴聋：没看出整齐多少，呵呵。不过，修剪花木是一种很好的情绪发泄。

文涛：有朋友说，幸好有个花园让我折腾。不然，就只好折腾乐哥了。

文涛开始拔草。

朴聋：别拔嘛。这土又薄又干，它们能长出来，很不容易。再说，还有保湿作用。你看，草下面的土，明显没那么干。

文涛：那就留着它们吧。去年，我把很多花都当成草拔掉了。

看到几件老家具。

朴聋：过去的家具做工精良。师傅就是这么教的，徒弟就一件件这样做，不会省功夫。这些不是名家定制，是平民家常用的，都这样有板眼。现在，太多粗制滥造的东西。书画界也一样。

文涛：书画是艺术，归根到底是手艺。乐哥常说，做好自己的活路最重要。就像黄金，哪家金楼出品，并不重要；含金量够高、够纯才重要。

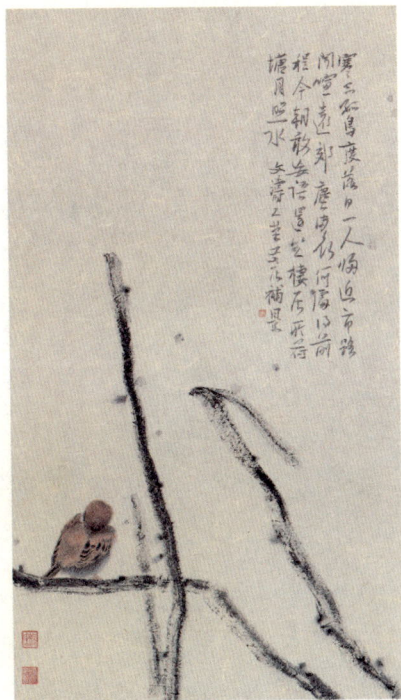

223

功过格

朴院大堂里摆着许多别致的小东西。

文涛：喜欢这本小册子吗？

云巢：功过格——设计得不错，喜欢。

文涛：送你一本吧。

云巢：好啊。

文涛：每天，我都会在上面记录你的表现——有功，就贴一朵小红花；有过，就贴一个仙人掌。

嘿。

用不了多久，这个小册子上就会呈现出一派生机勃勃的热带风光。

花生米

聚会完毕，总会收到朋友们用手机互拍的照片。

照片中的云巢笑得忠厚。

文涛：你怎么像一粒圆鼓鼓的花生米？脸庞和身材都像。

云巢：花生米？你再看！

云巢不服气地又点出一张照片让文涛看。

文涛：太像花生米，还是油炸的。